KB190975

우리의 낙원에서 만나자

우리의 낙원에서 만나자

Meet me in our paradise

이 계절을 함께 건너는 당신에게

하태완 지음

북로망스

일러두기

• 본 도서는 국립국어원 표기 규정 및 외래어 표기법 규정을 사용하였습니다.

• 다만, 글의 생동감과 저자 고유의 문체를 살리기 위하여 일부 표기와 맞춤법에 있어 예외를 두었습니다.

프롤로그

함께 걷고 싶은
다정한 세계

여름의 열기가 채 가시지 않은 어느 구월, 내가 가장 유치해지고 혼란스러운 때에 독자들을 만났다. 분명 그제까지만 해도 이제 무엇을 해야 하고, 해내야 하는지 갈피를 잡지 못하고 있었다. 몇 날 며칠 행하는 삶의 지루한 반복이 참 고약하게 느껴졌다. 멈춰버렸다 여길 만큼 나는 무기력이 극에 달한 상태였다. 이 길로 정말 별 볼 일 없는 사람이 되어버리고 말 거라는 불안이 하루가 멀다 하고 내게 틀린 질문들을 던져댔다.

내가 하는 모든 일, 느끼는 감정, 건네는 말, 심지어 눈을 깜빡이고 주먹을 쥐었다 펴는 사소한 동작까지도 전부

옳지 않은 것이 아닐까 생각했다. 잘하고 있다는 말과 그만하면 됐다는 말이 마냥 우스웠고, 당근 대신 주어진 채찍 앞에서는 분노하고 웅크리기 일쑤였다. 숱하게 겪고 충분히 깨달은 것처럼 쏟아냈던 글들은 그로써 모두 거짓이 되어버린 셈이었다. 나는 나조차 보듬지 못한 채 용케도 타인을 위했다.

그토록 못난 몸과 마음으로 독자들 앞에 섰다. 4년 만의 사인회였다. 내가 도착하기도 전에 사람들은 약속 장소에 길게 줄지어 있었다. 쑥스러움이 아닌 죄책감 탓에 쉽게 눈을 마주치지 못했다. 하나 그들은 그쯤 아무것도 아니라는 듯 환하게 다가왔다. 악함이나 의심 따위 손톱만큼도 품지 않은 채로. 좋아하고 아끼는 마음이 투명하게 드러났다. 어떤 사람은 어둔 밤의 지직거리는 라디오처럼 떨리는 말로, 또 어떤 사람은 손 편지와 꽃으로, 예쁘게 포장된 간식거리와 선물로 각자의 마음을 전했다. 참 고마웠다. 그 순간만큼은 나도, 그들도 그곳에 도착하기까지의 물리적 거리나 시간이 하나도 중요하지 않은 듯했다. 우리는 우리만 아는 언어로 실로 더 많은 대화를 나눴음이 분명했다.

그들은 약속이라도 한 듯 같은 당부를 했다. 오래오래

그 자리에서 글을 써줬으면 좋겠다고. 나는 그 말의 껍질을 하나하나 벗겨가며 속에 숨은 알맹이를 단번에 알아차렸다. 언제든 찾아올 수 있는 곳이 되어달라는 것. 약점을 들키고 몰래 묻어도 괜찮은 곳으로 있어 달라는 것. 더 나아가 어떻게든 함께 살아보자는 것. 그것으로 나는 적어도 수년 치의 쓸 이유를 얻었다. 곧장 잃은 갈피도 똑바로 할 수 있었다.

한바탕 사랑스럽고 다정한 소란이 벌어진 뒤, 집으로 돌아와 밤이 새는 줄도 모르고 받은 편지를 읽고 또 읽었다. 꾹꾹 눌러쓴 마음들에, 나는 왜 이토록 누군가에게 좋은 사람인가 곰곰이 생각했다. 그러고는 그냥 있는 그대로 받아들였다. 그것이 내게 감사하는 그들에 대한 예의라 여기면서.

포기도, 방황도, 도망도 모두 내가 스스로 만든 불안의 부산물이다. 나의 글을 읽어준 이들은 아무런 잘못이 없다. 나를 탓한 적도 없다. 어쩌면 그들은 나의 실패와 무너짐조차 사랑해 줄지 모르는 일이다. 나는 꽤 오래전부터 누군가와 함께였고, 이후로 단 한 순간도 내버려진 적 없으며, 내 존재를 항상 중요히 여기는 이들이 있다는 것을 이제는 알고 있다. 독자들이 내게 아주 중요한 사람인 것처럼, 나도 그들에게 넘치는 사랑을 받고 있음을.

삶에 대한 근심 걱정이 많은 내향적인 인간의 글을 읽어주는 이들이라 그런지, 모두가 매사에 조심스러웠던 그때를 떠올리며 쿡쿡 웃음을 흘린다. 어느 독자님이 건넸던 한 시절을 함께 건너온 것만 같다는 말을 계속 되뇐다. 너무도 멋진 말이지 않은가. 무려 같은 시절씩이나 되는 시간을 함께 건디는 것이다.

어쩌면 이 책은 그 말 하나에서 꾸물꾸물 시작됐는지 모른다. 함께라는 건 어떤 형태로든 믿을 구석이 된다. 그것이 살아가는 일이 될 때는 더없이 우람한 용기가 된다. 함께 살아간다는 것은 곧 서로의 삶 대부분을 기민하게 알아차린다는 것이다. 나의 삶을 다 아는 사람이 해주는 이야기와 격려를 이 책에 담고 싶었다. 그리고 그렇게 했다. 각자의 자리에서 버티며, 또 누군가의 말에 기대며 살아가는 당신에게 전하고 싶은 마음들이다.

유독 혼란하고 예년보다 이르게 꽃 피었던 봄. 잠을 자고, 밥을 먹고, 바람을 쐬고, 이 책에 실을 글을 퇴고하며 구월의 그날을 생각한다. 글과 오랜 시간 독대하는 것은 몹시 외로운 일이지만, 다시 또 '함께'라는 단어에 기대어 본다. 지금 이 순간도 홀로 애써 견디고 있을 누군가에게 이 말이 닿기를 바란다. 우리는 알고 보면 오랜 시간 서로의 곁을 조용히 지나는 중인지도 모른다. 동시대를 사는 당신과 내가 이 세계를 나는 듯이 갈 수 있었으면 좋겠다. 언젠가 우리만의 낙원에서 만나기를. 그런 우리가 너무 애틋해서 나는 이 책을 엮는다.

2025년 5월
창원에서 봄을 배웅하며
하태완

차 례

두 번째 낙원.

삶을 건너는 리듬

Meet me in our paradise

나를 안아주는 곳

당당한 행복

· . · ˙ . · ˙ .

네가 이 세상에 없어선 안 될 존재라는 걸 잊지 않기를. 생각보다 많은 사람이 너를 지켜주고 있고, 너 또한 그들의 안락한 보금자리임을 명심하기를. 사는 게 여간 쉽지 않고 소중한 것들이 멀어지는 기분에 초조해도, 불안마저 삶의 원동력으로 삼을 수 있는 용기를 품고 살기를.

나는 너의 타고난 착함과 책임감 그리고 천진함이 좋다. 그 뒤에 숨어 있는 시퍼런 우울과 슬픔 그리고 말 못할 비밀스러운 고통까지도 전부. 오늘 삐끗해 넘어져도 내일 다시 걸음을 내딛는 너의 씩씩함이 좋다. 가진 사랑 아낌없이 나눠주려 애쓰는 너의 맑음이 좋고, 모두가 빛을 잃은 밤에도 용케 반짝이는 너의 밝음이 좋다. 그런 네 삶에 내가 존재할 수 있어 참 다행이다. 이런 내 삶에 네가 존재해 줘서 참 감사하고 안도한다.

그러니까 우리 주눅 들지 말고 당당히 행복하자. 많이 고되더라도 샐쭉 웃자. 저 먼 행복과 기쁨에 도착하려 애쓰지 말고, 지금 머무는 이 삶을 작은 행복들로 가꾸자. 밥도 제때 잘 챙겨 먹고, 괜히 고개 푹 숙이지도 말고, 부족함 없이 잠도 푹 자면서. 어떠한 위기 속에서도 그런 것 없다는 듯 잘 지내자.

어른

. · . · . · .

무엇이든 될 수 있을 것 같던 때가 있었지만,

살아보니 뭐라도 되는 것이

얼마나 어려운 일이던가요.

어른이 된다는 것이

생각처럼 흐르는 듯 쉬운 일은 아닌 모양입니다.

앞으로 우리네 삶이 어떤 사건으로 인해

어느 방향과 형태로 나아가게 될지는 잘 모르겠습니다.

다만 한 가지 분명하고 또 분명한 것은,

우리 모두 무어라도 된 것처럼 계속해서 살아갈 거라는 것.

그러니 너무 초조해하지 않는 것이 좋겠습니다.

푹 주무시기를 바라요.

꿈조차 낄 틈 없을 만큼 평화로 가득 찬 밤이기를요.

이 편지가 손톱만 한 위로라도 되기를 소망하고 있어요.

둔감해지기

. ˙ · ˙ . ˙ · ˙ .

나를 향한 미움에 둔감해지세요.

모두에게 사랑받는 방법은 어디에도 없고,
흔한 이유 하나 없는 미움은 어디에나 있습니다.

안녕, 봄

안녕, 봄. 부디 내게 힘듦을 주지 마. 받았던 슬픔은 전부 어제의 끄트머리에 가지런히 두고 거기로 갈게. 내가 조금 더 자주 웃을 수 있게 해줘. 망친 것들을 연습 삼을 용기와 끈기를 안겨줘. 누구에게나 별 볼 일 없는 순간은 있고, 죄다 그럴듯하지 못한 것들만 완성해 내는 시절이 있기 마련이니까.

어쩌면 필연인 부끄러움을 딛고 이왕 오는 절망이라면, 미리 준비할 여유를 가지면서 어떤 방해라도 거뜬히 소화하며 멀리, 더 멀리 획획 갈 수 있는 사람이고 싶어. 그렇게 살고 싶어. 불가해한 것들이 나를 어둠처럼 전부 훔쳐

가려 해도, 이 밤은 곧 지나간다는 시시한 말에 폭삭 안겨
가면서.

　이 밤은 곧 지나가.
　이 봄은 꽃이니까.

　나는 환해지고 싶어. 아름다운 무언가가 되고 싶어.

당신의 걸음이 좋습니다

. ·˙ ·. . ·˙ ·.

당신이 자랑스러워요.

오늘 당신에게 아무도 이런 말을 해주지 않았다면, 내가 당신이 견디고 성취한 모든 것을 알아줄게요. 나는 당신이 너무도 자랑스럽습니다. 당신의 가치가 얼마나 귀하고, 당신이 얼마나 많은 것을 이 세상에 가져다주는지 꼭 알았으면 합니다.

포기하고 싶은 마음 몇 번이고 꺾어 툴툴 털고 일어난 당신이 자랑스럽습니다. 계속해서 나아가기로 선택한 당신이 자랑스럽습니다. 그간 당신이 겪어야만 했던 모든 슬픔에도 불구하고, 끊임없이 삶에 임하는 모습이 너무 자랑스럽습니다.

　미약하더라도 주어진 삶을 개선하기 위해 꾸준히 애쓰고, 끝끝내 자신의 능력과 가치를 보란 듯이 증명해 낼 당신이 자랑스럽습니다.

　당신의 힘과 용기는 또 다른 누군가에게 다신 없을 위로가 됩니다. 그러니 당신도 당신 자신을 자랑스럽게 여기는 게 좋겠습니다. 나는 당신이 정말이지 자랑스럽습니다.

딸기주스 한 잔이 마음을 녹여

. . ' · . ' · .

너무하다 싶을 만큼 힘들어서
누구도 몰래 울곤 하는 날이 있잖아요.

그럴 때일수록 여느 때처럼
따뜻한 물에 오래 씻고
딸기주스 하나 사서 마시면
또 하루치의 버틸 힘이 생기거든요.

뻔한 말이지만 금세 지나갈 거예요.

뭐라도 하지 않으면 너무 불안해도,
괜찮다는 말이 하나도 안 들려도,
그냥 깨끗하게 씻고 달콤한 거 마셔요.

그렇게 천천히, 갓난아기 걸음마처럼
조금씩 뚜벅뚜벅 행복해지면 되는 거예요.

잘 될 거 니 까

. · ' · . . · ' · .

너 정말 괜찮니. 오늘 누구도 네게 물어봐 주지 않았을 것 같아서. 고통을 애써 감추고 스스로를 속이느라 아주 무너질까 봐서. 혼자 덩그러니 놓여 버텨내느라 참 힘들었겠다. 매일 밤 잠도 설치고, 손에 잡히지 않는 일 앞에 좌절하고, 몇 번이고 내뱉은들 다시금 차오르는 숨 탓에 너무 답답했겠다.

걱정이 지나치고 괜한 상념에 두 발 묶이면, 정작 옳게 나아가야 할 때를 놓치기 십상이래. 괜찮아야 한다는 강박을 떨쳐 내고, 아무도 너의 슬픔을 알아주지 않는다 생각지 말고, 한 사람의 슬픔 따위 그 누가 신경이라도 쓰겠느냐 섣불리 웅크리지 말고, 사실은 아니라고 울음처럼 터트려도 좋아. 사실은 하나도 괜찮지 않은 것 같다고. 어디서부터 엉켜버린 건지 알 수 없어도 망가지고 있는 것만은 분명하다고.

괜찮아. 아무 걱정 않아도 돼. 너는 끝내 소망하던 바를 이룰 테니까. 어차피 잘될 거니까. 보란 듯이 이겨내고, 떳떳하게 살아갈 거야. 그러니 너 자신의 감정과 처한 상황을 방관하지 말고 기꺼이 부딪쳐도 돼.

포기하고 싶은 마음 몇 번이고 꺾어

툴툴 털고 일어난 당신이 자랑스럽습니다.

계속해서 나아가기로 선택한 당신이 자랑스럽습니다.

당신의 힘과 용기는 또 다른 누군가에게

다신 없을 위로가 됩니다.

삶
하
나

· · · · · ·

이왕이면 우리가 행복했으면 좋겠다. 무언가를 지나치
게 미워하지 않고, 더도 말고 덜도 말고 하루에 일인 분의
행복이라도 우리의 몫으로 둘 수 있었으면 좋겠다.

매일 눈 뜨면 당연하게 주어지는 삶 하나를 온전히 나
를 위해 할애할 수 있다면 얼마나 보람될까. 늘 새롭게 닥
쳐오는 하루. 그러나 결코 무한하지 못한 생애. 얼굴 찌푸리
고, 후회하고, 증오하고, 자책하며 살기보다 행복하게 살 수
있었으면 좋겠다.

내가 마음 다해 좋아할 수 있는 것들을 애써 만들어 보
는 건 어떨까. 사람이든, 취미든, 음식이든, 여행이든 아무렴

좋을 테니. 까무룩 몰두할 수 있고, 정말 사랑한다 자부할 수 있는 것. 함께하고 행동하면서 일말의 불편함이 느껴지지 않는 것. 그걸로 전에 없던 기쁨을 쟁취하는 거다. 쟁취한 기쁨이 곧 단단한 행복이 된다 믿으면서. 그간 잘 버텨낸 것만큼, 반등하듯 우리에게 더 좋은 날이 온다 확신하며. 소중하지 않은 날이 없는 삶이다. 자세히 보면 지천에 흐드러져 있을 사랑에 힘입어, 우리가 무너지지 않고 행복하기를 바란다.

적당한 진동으로

당신의 우울과 걱정이 또 너무 지나칩니다.

적당한 진동을 발밑에 두고 일렁이는 건 언제든 다시 발돋움할 기회를 잡을 수 있지만, 높고 위험한 파도 위로 사정없이 출렁이는 건 영영 바다 깊숙한 곳으로 잠겨버릴 위험이 있습니다. 혼자 해내고 이겨내야 하는 일이 많고 도움을 청할 이조차 주변에 마땅치 않아서, 그래서 내 속으로 들이치는 폭풍에 쉽게 휩싸이고 마는 것입니다.

어쩔 수 없는 우울과 걱정은 안고 가되, 높은 파도가 아닌 적당한 진동으로 조절하는 연습이 필요합니다. 누군가에게 도움을 청할 용기나 기댈 수 없다면 스스로 역전하는 법을 터득해야 합니다.

　지나고 나면 모두 별일 아닌 것입니다. 동이 트기 전의 늦은 시간에 너무 오래 속해 있지 마세요. 그곳은 춥고 가장 어둡습니다. 부디 나와 당신이 여러 겹의 사랑으로 함께 방법을 터득할 수 있기를 바랍니다. 그간 사랑으로 품은 것들이 분명 나의 어둠을 야금야금 먹어 삼킬 것입니다. 그 덕으로 끝끝내 이겨낼 것입니다.

느린 기쁨

삶이라는 게 참 그렇다. 이제 조금 숨통이 트이나 싶으면 다시 또 뒷덜미를 콱 잡힌 듯 멈춰 서게 되고, 편안함에 다다랐다 싶을 때 털썩 주저앉게 될 만큼의 고된 일이 어깨를 짓누른다. 전부 씩씩하게 이겨낼 수 있을 것 같다가도, 밥 한 끼 제대로 차려 먹기 버거워지는 것. 준비할 겨를도 없이 천당과 지옥을 오가는 일. 너무나도 갑작스러운 슬픔과 무기력.

감정과 마음가짐의 변화는 야속하게도 별다른 경적조차 없다. 내가 할 수 있는 것은 맞닥뜨린 상황에 하릴없이 휘둘리는 것뿐. 나를 통제하고 슬픔으로부터 구해내는 일이 가장 어렵지 않나. 하지만 세상만사 만물이 다 그렇듯 슬픔도 가진 힘을 모두 잃고 뒤로 물러서는 때가 있다. 너무 갑작스럽게 온 슬픔처럼 기쁨도 기척 없이 덜컥 문을 열고 들어온다. 어제의 어둠이 무엇이었냐는 듯 더없이 환한 다음이 온다. 어딘가 어색하더라도 분명히 나의 것인 좋은 일이, 주저하고 웅크리는 이 순간에도 힘차게 오고 있다.

그러니 우리 앞으로의 기쁨을 기대하자. 지금의 이 아픔 가면 그 빈자리 냉큼 차지하고 들 기쁨을 편안히 기다리자. 그때까지 감기 앓지 않게 조심하고 과일도 넉넉히 챙겨 먹으면서. 우리에게는 당연히 행복할 일만 남았다.

슬픔이 가난했으면

. ˙ . ˙ .

이맘때쯤이면 퍽 괜찮은 어른이 되어 있으리라 기대했을 어린 날의 나에게 죄스러운 마음을 갖는다. 타인이 묻는 행복의 유무에 달리 내놓을 대답이 없으며, 그렇지 못하니 고개를 빳빳이 치켜들고 걷는 것조차 불편하다.

이상하리만큼 반복된 실패. 그로 인해 습관으로 자리잡은 주눅. 나보다 몇 걸음 앞서는 시간의 재촉에 끌려다니는 삶. 하루의 행불행을 결정짓는 일 앞에 주체성을 완전히 잃은 듯한 태도까지.

보통의 존재로서 이곳을 살아낸다는 것이, 어쩌다 가능보다 불가능에 더 초점이 맞춰지는 일이 되었나. 모두가 각자의 불행과 겹을 안고 산다. 그래서 섣불리 판단하거나 위로하지도 못하는 것이다. 나의 불행도 마찬가지. 판단하고 위로하지 못하니 좀처럼 수습할 수도 없는 노릇이다.

금전적 가난을 반기는 사람이 없는 것처럼 나 또한 다를 바 없지만, 슬픔과 어둠에 있어서만큼은 찢어지게 가난해지고 싶다. 호주머니를 아무리 헤집어도 작은 슬픔 하나 발견되지 않는 삶이고 싶다. 사라지고 싶은 마음이 늘 한 줌 정도 존재한다. 하나 그 마음은 공포심이 짙다. 실은 내가 그럴 용기 따위 추호도 없는 사람이라는 것을 방증하듯. 잘 살고 싶다. 당장 내일의 영화로움을 욕심내지 않을 테니, 5년 뒤의 내가 조금 더 근사해지기만을 바라고 있다.

우리의 여정

. · ⁀ · . · ⁀ · .

가끔 우리는 알 수 없는 순간에 무심히 놓인다. 잘 나아가고 있다고 확신하던 찰나에도, 어떤 손길은 예고 없이 우리를 내려놓고 멀찌감치 걸어가 버린다. 그 자리에 홀로 남겨진 나는 당황하며 발끝을 본다. 고요히 머무는 시간이 초조해지고, 아무도 찾아주지 않을까 봐 마음이 급해진다.

모순이지만 그럴 때마다 이상한 안도감을 느낀다. 놓인 자리에 가만히 서서 귀 기울이면, 다시 돌아오는 발소리를 듣게 된다는 것을 나는 이미 알고 있기 때문이다. 천천히 다가온 손길이 등을 토닥이며 말한다.

"너 여기 있었구나."

가벼운 미소와 함께 돌아오는 그에게, 우리는 단숨에 무장 해제된다. 어쩌면 우리는 모두 아주 서툰 연애를 하는 중인지도 모르겠다. 다가올 때는 조금 부담스럽고 멀어지면 애틋한 그리움으로 가득 찬 관계처럼. 너무 가깝지도 멀지도 않게 서로의 온도를 가늠하며 살아가고 있다.

불현듯 타인의 눈빛이 거울처럼 나를 비추는 순간이 온다. 누군가의 인정 어린 시선에 흔들리고, 다른 이의 평가에 따라 내 가치를 재단하곤 했다. 나를 가장 따뜻하게 품어줄 사람은 결국 나 자신이라는 가장 단순한 진실을 자꾸만 잊곤 했다. 종종 혼자 걷는 조용한 골목길에서 나에게 다정하게 말을 걸어주는 시간을 가져본다.

"오늘은 어땠어?"

"지금 네 마음은 좀 어때?"

삶의 본질은 그렇게 단순한 질문과 답으로 이루어진 잔잔한 대화일지도 모른다. 때로는 가뿐히 지나치는 법을 배워야 한다. 인생의 무게를 근사하게 견디는 일도 필요하지만, 가끔은 짐을 내려놓고 빈손으로 가벼워질 줄 아는 사람이야말로 진정 우아하다. 잘하고 싶다는 완벽의 강박을 잠시 내려놓으면 우리 곁엔 더 투명한 휴식이 자리 잡는다.

지나온 시간에 온전한 완벽이 존재하지 않아도 괜찮다. 삶이란 원래 완벽함이 아니라 미숙함이 빚어낸 오묘한 조합이다. 부족한 부분들이 겹치고 겹쳐서 매력적인 패턴으로 나타나는 것이다. 우리는 모두 조금씩 금이 간 채로 아름다운 풍경을 만들어가고 있는 사람들이다.

그러니 누군가가 만든 틀 안에서 벗어나, 스스로의 정체성을 유려하게 다듬으며 살아가는 것이 중요하다. 나 아닌 다른 이의 말보다 내 안에서 들리는 작고 명랑한 목소리에 더 귀를 기울이면서 말이다.

놓였다 다시 잡히고, 잊혔다 다시 발견되는 여정. 너무 두려워 말자. 우리는 천천히, 그렇게 자연스럽게 앞으로 향하고 있으니까.

무탈하고 무사하게

. ' . ' . ' .

산다는 건 정말이지 단순한 사건의 연속인 것 같습니다. 절망도 환희도 기껏해야 쌀 한 톨만 한 일들에 결정되고, 지속 시간도 허무하리만큼 짧지 않은가요. 모든 감정은 우리네 삶에 한해서 이리도 별안간 찾아오는 것이라, 어느 한쪽에도 너무 깊숙이 관여할 필요가 없는 것 같습니다. 그러니 지금의 아픔도 눈 깜짝할 새 흘러가 버리고 없는 것이 되는 겁니다.

그래도 매사에 견딜 만한 아픔만 있기를 바라요.

혼자 걷는 연습

. ˙ · ˙ . · ˙ .

언젠가부터 나만의 고독을 연습하는 시간이 늘었다. 누구의 연락도 받지 않고, 일부러 사람들의 목소리에서 멀어진 곳을 찾았다. 혼자서 걷고, 혼자 음악을 듣고, 혼자 낯선 카페에 들어가 쭈뼛거리기도 하면서. 문득 그런 생각이 들었다. 이 모든 것은 외로움을 피하기 위한 게 아니라, 스스로를 위로하기 위한 나만의 방식이었다고.

연애도, 우정도 그랬다. 어쩌면 모든 관계 속에서 나는 늘 미지근한 온도를 유지하려 애써왔다. 타오르다 빠르게 식어버리는 관계보다 낮은 온도로 오래 유지되는 사이가 좋았다. 애인이지만 친구처럼, 친구지만 애인처럼 살아가는 모호함이 나를 가장 편안하게 해주었기 때문이다.

누군가가 내게 "너는 너무 혼자 있는 걸 잘 견디는 사람이야"라고 말한 적이 있다. 그 말을 듣고 가만히 웃었다. 잘 견딘다는 표현이 맞는지 모르겠다. 혼자 있을 때는 고독을 흠뻑 즐기다가도, 또 어느 순간 사람들의 목소리가 간절히 듣고 싶어지기도 하니까. 고독은 피할 수도, 완전히 가질 수도 없는 존재였다. 곁에 있지만 완전히 소유할 수는 없는, 마치 사랑처럼.

가끔은 아무 옵션도 없는 순간이 가장 강렬한 행복을 준다. 계획도 없고, 대안도 없는 상황 속에 비로소 집중할 수 있는 시간이 있다. 모든 걸 가진 순간보다 하나도 가지지 않은 순간이 더 달콤하다는 것을 오랜 시간이 지난 후에야 알게 됐다. 무언가를 간절히 원하지만 결국 가지지 못한 아쉬움의 빈자리조차, 나에게는 묘한 위로가 되어 있었다.

이따금 찾아오는 행복에 대해 나는 너무 섣불리 말하지 않는다. 대신 아주 조심스럽게, '좋아하고 있다'고 표현한다. 행복이라 부르는 순간 손가락 사이로 전부 빠져나갈 것 같은 기분이 들어서다. 좋아하는 마음을 천천히 늘려가며 바라보는 것. 그게 내가 나를 위로하는 가장 좋은 방식이 아닐까.

　지금의 나는 멀리서 보면 헤매고 비틀거리는 중일지도 모른다. 하지만 먼 훗날 이 순간을 돌아본다면 모든 흔들림도, 뒷걸음질도 그럴듯한 비행이었다고 말하게 될 것이다. 그러니 지금을 그저 걸어보기로 한다. 혼자서, 묵묵히, 때로는 조금 비틀거리면서.

여린 마음이 옳다

. . · · · . .

약해도 된다. 울음이 잦아도, 정이 많아 괜한 아픔을 겪어도, 누군가의 거짓말에 매번 속는대도, 헤어지는 일에 유독 취약해도, 싸움과 혐오에 패배해도 괜찮다. 그래도 된다. 끊임없이 허물어지고 형태를 바꾸는 마음인들 아무렴 좋다. 속에 쌓인 슬픔을 울음으로 남김없이 쏟아낼 줄 알고, 차게 식은 세상에 한 줌 온정으로 존재하며, 누군가를 강한 믿음으로 품을 줄 안다는 의미니까. 또 만남과 인연의 귀함을 결코 쉬이 여기지 않고 미움과 원망보다 사랑과 용서를 택했다는 가장 확실한 증명이니까.

그 유약함이, 그 여린 마음이 옳다. 옳은 것에는 어떠한 자책도 어울리지 않는다. 툭 치면 부서져 버릴 것만 같은 것들이 실은 무엇보다 완전하다는 것. 그러니 약해도 된다. 괜찮다. 당신이 가진 약함이 참 예쁘다.

지금의 나는 멀리서 보면
헤매고 비틀거리는 중일지도 모른다.
하지만 먼 훗날 이 순간을 돌아본다면
모든 흔들림도, 뒷걸음질도
그럴듯한 비행이었다고 말하게 될 것이다.

.·'·.·'·.·'·.·'·.

너
의
예
쁨

. . · . · . · .

너의 예쁨을 참 너만 모른다. 예쁘게 노을 진 하늘을 보고도, 길가에 예쁘게 핀 제철 꽃을 보고도, 뛰노는 강아지와 고양이를 보면서도 너무 쉽게 감탄하는 마음이지 않나. 그런데 정작 자신을 마음껏 예뻐해 줘야 할 때를 버릇처럼 놓치고 만다.

밥 잘 먹는 것도, 청소를 깨끗이 해내는 것도, 멀끔히 샤워하는 것도, 예쁜 하늘 보며 맑게 감탄하는 것도, 길가에 핀 제철 꽃 보며 걸음을 잠시 멈추고 강아지와 고양이를 마주하며 미소 짓는 것도 실은 전부 너를 예쁘게 여겨야 할 때인 것을.

　작고 사소한 것에 뿌듯해하는 모습과 귀엽고 아름다운 것에 한껏 지어 보이는 네 웃음이 얼마나 예쁜지 너만 모른다. 부디 이제부터라도 자신을 가장 먼저 돌보는 사람이 되기를. 그토록 사랑다운 예쁨을 몰라주지 않기를. 네가 무언가를 예뻐하는 마음 이상으로 커다랗게, 또 깊숙이 너를 예뻐해 주기를. 쓰담쓰담, 잊지 않고 너의 숨은 슬픔 네가 알아주기를.

심심한 것들이 우리를 구한다

. · ˙ · . · ˙ .

　가난이 없었다면 나는 글을 쓰지 않았을지도 모른다. 엄밀히는 쓸 이유가 없었을 것이다. 너무 많은 것을 가진 사람은 말이 없다. 결핍이야말로 문장을 끌어내는 은밀한 손잡이였고, 슬픔은 생각보다 쓸모가 많았다. 누군가는 그것을 체념이라 부른다지만 나는 아직 희망이라는 단어에 마음을 걸어둔다. 지독하게 망가진 날에도 희망이라는 단어 하나 붙잡고 견디던 밤이 있었으니까.

　삶은 언제나 균열이 생기기 마련이고 우리는 그 틈에서 조용히 자란다. 눈에 보이지 않게 무뎌진 것들이 있고 말로 꺼내지 못하는 외로움도 있다. 누군가에겐 별일 아닌 하루가 어떤 이에게는 견딜 수 없는 날이 되기도 한다. 세상을 좋게 바라보려는 의지는 자주 조롱당하지만, 그 마음이 내내 순수하고 쉽게 사라지지 않기만을 바라고 있다.

내가 쓴 글을 누군가 비용을 지불하지 않고 가져가도 좋다. 그가 어떤 식으로든 너무 가난한 사람이라면 더더욱 그렇다. 내 문장이 그의 하루에 작은 불빛이라도 된다면 그걸로 족하다. 나도 누군가의 문장에 빌붙어 살아낸 시절이 있었다. 그래서 안다. 가장 가난한 날에 가장 절실한 위로는, 누군가 먼저 망가진 목소리였다는 것을.

우리는 때로 지치고, 종종 무너지고, 가끔은 스스로를 아주 잃어버리기도 한다. 그럼에도 꾸역꾸역 살아가지 않나. 언젠가 전혀 괜찮지 않다는 말을 속 시원히 꺼낼 수 있기를 바라면서. 그런 말들을 쉬이 흘려듣지 않을 사람이 가까이에 존재하기를 바라면서.

나는 여전히 조금은 무너진 채로, 멀쩡하지 않은 마음을 안고 하루를 건넌다. 그럼에도 살고 싶다는 마음 하나로 지탱하는 날들이 있다. 나아지고 있다는 착각만으로 괜찮다고. 그 착각마저 없었다면 우리는 이미 오래전에 작동을 멈췄을지도 모른다.

아주 작은 것에 심장이 저릿해지는 날이 있다. 빛이 부서지는 모서리, 바람에 흔들리는 나뭇잎, 습기 어린 창문에 기대어 앉은 오후. 사소한 장면이 유난히 마음에 오래 앉는 날. 살아간다는 건 거창한 이유보다는 그런 장면을 오래 지켜보는 일일지도 모른다.

어떤 날은 별다른 성취 없이 지나가고, 어떤 날은 뜻밖의 말 한마디에 무너진다. 하지만 매일 같은 모양의 실패가 반복되어도 마음은 쉽게 그만두지 않는다. 어느 곳에도 말하지 않은 비밀스러운 다짐이, 보이지 않는 어떤 애씀이 하루씩 더 살아보게 한다.

나는 오늘도 작고 조용한 것들을 믿고 싶다. 내일을 약속하지 않아도 괜찮은 관계, 정직한 문장 하나, 혼자서도 기꺼이 웃을 수 있는 시간. 삶을 계속 살아가게 하는 건 그런 것들이다. 크고 거창한 것이 아니라 무너지지 않도록 받쳐주는 견고한 지반 같은 것.

하루를 겨우 건너온 이들에게 말해주고 싶다. 당신이 애써 지켜낸 작은 것들은 생각보다 단단하다고. 언젠가 그 조각들이 당신의 삶을 천천히 구해낼 거라고.

심심하고 지루한 것들이 당신을 경중경중 뛰놀게 한다.

어두운 그림자는 날개였다

. · ' · . · ' · .

내일이면 너에게 좋은 일이 생길 거야. 나비처럼 뜬금없이 날아들어 너의 시선을 전부 앗아갈 만큼 즐거운 일이. 그늘진 얼굴 위로 구름 한 점 없이 맑은 기쁨이 펑펑 쏟아질 거야. 그러니까 내일은 우리 함께 가득 쌓인 기쁨을 놀이처럼 굴려 행복을 만들자. 눈도, 코도, 입과 팔도 알맞게 붙여볼까. 살아 있는 듯 생생한 행복을 위해서. 한 번쯤은 꿈꿔봤을 곳으로, 그런 계절로 원 없이 날아가도 볼까. 네 등 뒤로 축 처져 뻗은 어둔 그림자가 실은 숨죽이고 있던 날개일 테니까.

누구에게나 그런 날이 있대. 전부 늦어버린 것만 같은

날이. 모두 혼자 해내야 할 것 같고, 온몸 뉘어 기대 쉴 곳 하나 없는 것 같은 날이. 고단했을 오늘을 씩씩하게 버텨 줘서 고마워. 그러는 나는 네가 듣고 싶은 말이 무얼까 힘 껏 고민하는 새벽을 날게. 미처 못 다 헤아렸을 자욱한 너의 슬픔을 와락 껴안아 밝고 선명한 아침으로 갈게. 바삭한 볕에 부서질 듯 잘 마른 빨래처럼, 언제든 덮고 싶은 이불 속처럼, 가장 아끼고 신뢰하는 존재의 깊은 품처럼 반갑고 포근한 것들만 내게 줄게.

네게 오는 웬만한 슬픔 내가 전부 싸워 이겨볼 테니 너는 행복한 사람 하자. 자주 기쁜 사람 하자. 오늘보다 내일 더 좋은 사람, 함께여서 더 신나는 사람 하자. 웃음만큼 너를 푸르게 푸르게 싹 틔우는 건 없으니까. 내일이면 분명 너에게 좋은 일이 생길 거야.

지루한 반복이 쌓이면

. · ˙ · , · ˙ · .

요 며칠은 아무래도 멈춰 있는 것 같다는 생각에 불안을 떨치기가 힘들었다. 하나의 작은 목표를 위한 지루한 반복. 가까이에 있는 이 목표를 지나고 나면 나는 또 무엇을 위해 열심이어야 할까. 늘 그렇듯 불안은 시간의 흐름을 질 좋은 양분 삼아 몸집을 지나치게 키워댄다.

부정적인 감정에 잠식될 때면 누군가 내게 당부처럼 건넸던 말을 떠올린다. 지루한 반복. 언제까지 이어질지 알 수 없는 일상의 지루한 반복을 습관처럼 해내는 일. 반복의 반복이 겹겹이 쌓이면 그 누구도, 나조차도 눈치채지 못할 만큼의 성장이 반드시 이루어진다는 말. 그렇게 인간은 어제보다 아주 조금 더 나은 일을 또 반복해 가며 무한히 발전한다는 말. 그러니 부디 지금의 쓸모를 의심하지 말라는 말.

말의 힘만으로 내게 닥친 모든 악을 씻어낼 수는 없겠지만, 내게 깊숙이 남은 말들을 디딤돌 삼아 추월하듯 발을 구른다.

나도, 당신도 무언가를 해내고 있기에 불안이 가까이 뒤따르는 것이다.

잊지 말라는 기도

. . · · . · .

　당신이 그토록 힘겹게 싸워냈던 어두운 곳으로 다시는 돌아가지 않기를. 기어코 벗어나며 얻어낸 것을 너무 쉽게 놓치지 않기를. 당신이 사랑하는 사람들을 사랑하는 만큼, 당신 자신을 사랑하는 것 또한 소홀히 하지 않기를. 당신은 무언가를 마음 졸여 숨길 필요 없이 사랑받을 자격이 있음을 잊지 않기를.

　때로는 다른 누군가를 돌보느라 까맣게 잊기도 하겠지만, 당신도 당신의 돌봄을 애타게 기다리고 있음을 기억하기를. 당신이 얼마나 사랑받고 있는지 알게 되기를. 당신이 얼마나 가치 있는 사람인지 알게 되기를. 새롭고 모르는 것

투성이인 삶의 낯섦 앞에 더는 자책하지 않기를. 툭하면 자신을 째려보는 못된 버릇 영영 잃게 되기를.

　끝으로 당신이 뒤늦게나마 알게 되기를. 나에게 당신이 얼마나 큰 의미가 되고, 또 얼마나 사랑스러이 지켜보는 존재인지를.

심심한 응원

. · . · . · .

어제의 것과 엇비슷한 모양의 오늘이 날마다 주어진다. 지난밤 미처 끊어내지 못한 잡념들을 양쪽 어깨에 이고서 집을 나섰다. 유독 무거운 걸음은 비단 오늘만의 문제가 아니다. 참 버거운 아침이네. 혹여 누가 들을세라 작은 목소리로 읊조렸다. 다들 이렇게 별 볼 일 없는 시작으로 아침을 맞는 거겠지. 타인의 불행을 지어다 나의 위안으로 삼아 먹는다.

이토록 지루한 반복을 군말 않고 성실히 수행하는 이들이 내게는 무엇보다 큰 사람인 듯 느껴진다. 보다 자유로운 삶을 이룩하겠다며 도망치듯 오른 길의 끝에는 가던 발

목을 자르고 다시금 되돌아오는 내가 있었다. 지금의 삶을 가리키며 노상 불평하면서도, 막상 낯선 길을 떠날 용기를 가지지 못한 탓이다.

다 그렇게 살아. 휴대전화에서 흘러나오는 친구의 퉁명스러운 목소리. 정말 다 이렇게 사는 걸까. 모두 나처럼 매일 당혹스러울 만큼 부스스한 아침을 맞으며 살고 있나. 흐리고, 습하고, 여느 장마철의 아침처럼 환하게 밝지 않은 날. 얼마나 많은 사람이 나와 같은 시작 위에 놓였을까. 문득 모든 이들에게 심심한 응원을 보내고 싶어졌다. 다 그렇게 산대. 그러니 울 것 같은 마음은 일단 아껴두자. 그럼에도 틈틈이 기쁜 하루 보냈으면 좋겠네. 나도, 당신도.

한
뼘
의

용
기

. · . · . · .

싫어하는 마음보다 사랑하는 마음을 표현하는 게 더
어렵다. 미움은 애쓰지 않아도 표정과 행동으로 쉽게 드러
나지만, 애정은 그럴 생각이 없어도 괜스레 감추게 된다. 그
래서 서운하고 자칫 오해가 생긴다. 말하지 않아도 알아줬
으면 하는 것이 어쩔 수 없는 인간의 본성이라서.

사랑한다면 내가 줄 수 있는 애정의 정도를 상대로 하
여금 짐작할 수 있게 해야 하고, 해야 할 의무를 다하지 않
고서 실망하거나 괜히 토라지지 않아야 한다. 눈빛만 보아
도 알 수 있다는 것은 느낌에 불과하다. 대화가 이뤄지지 않
고서 완전히 성장하는 관계와 감정 또한 존재하지 않는다.

마음을 표현한다는 것. 그중에서도 사랑을 말하고자 할 때는 숨기는 것과 거짓 하나 없이 하얀 마음을 건네야 한다. 옳은 감정의 교류란 서로가 서로에게 한 뼘씩 더 다가가고자 용기 낼 때 비로소 완성된다.

우린 너무 청춘이니까

. . . · . · . .

열심히 사는 건 좋지만 힘들지는 말자.

행복의 기준을 손 닿지 않는 곳까지 높게 올려두지 말자는 말이다. 단순하게. 내가 좋아하는 것을 더 하고 싫어하는 건 덜하면서 살자. 너무 고된 날인들 시간이 지나면 이 또한 아무것도 아니기에. 정말 좋아했던 사람과 모른 체하며 지나가게 되는 날이 오고, 삶을 통째로 공유하던 친구의 안부조차 묻기 꺼려지는 때가 오고, 미워 죽겠던 사람과 마주 앉아 밥 한 끼 먹게 되는 순간도 오는 것처럼. 변한 사람과 엉망진창 틀어진 일들 탓하며 속 앓지 말고, 내손 떠난 것들 애써 붙잡지 말고, 그냥 그렇게 이 계절 가면

저 계절 오듯. 지독한 더위 뒤에 오는 선선한 날이 얼마나 달가운지 이제 모르지 않으니까.

지금껏 나를 무척 슬프게 했던 건 대다수가 나의 시절을 바쳐 사랑한 것들이지만, 지레 겁먹고 다음 날의 마중을 머뭇거리기엔 남은 기쁨이 아직 많다. 가볍게, 가끔 힘차게 매일을 살자. 낭비하기엔 우린 너무 청춘이니까.

이게 사랑이라면서?

· ˙ · ˙ · ˙ ·

네가 무얼 먹고 지내는지 궁금해

이게 사랑이라면서?

커피를 너무 많이 찾는 것 같아 걱정이네
유자차를 조금씩 마셔보는 건 어떨까 싶어
너를 사랑한다

걱정이 될 때마다 너를 사랑해야겠다
한입 베어 물면 색깔이 바뀌는 자두처럼

궁금증 속에 걱정이 있고
그다음이 사랑이다

낭만이 무얼까 생각하던 그해 겨울
우리는 우리를 걱정했고
혼자서는 한 번을 못다 헤던 새벽을 금세 읽었다

이건 사랑이라던데
너는 요즘 무얼 먹고 지내?

우리의 낙원에서 만나자

너는 오래된 결핍처럼 앉아 있다.

어깨에는
장마가 한창이었다.

해진 소매로 눈을 비비면
무너져 내리는 것들이 많았다.

한 송이 저녁.
아무 일도 피어나지 않기를 바라며
서로의 등을 쓸어내렸다.

나는 파도 같은 말들을 울컥울컥 삼킨다.

여전히 시퍼렇게.

너는 무엇을 버리며 왔기에

시간이 멀어지는 것에도 통증이 있다고 했다.

좀처럼 피지도 지지도 않는 마음이

이름이 없어 자라지 못한다고 했다.

여전히 어슴푸레한 안녕.

아무렴 낙원은 가장 오래 아팠던 곳에서

슬픔을 흉내 내지 않고 살아 낸 터전에서 피어난다.

그러니 말없이

한 번만이라도 화사하고 싶었던 마음으로,

우리의 낙원에서 만나자.

꾹꾹 눌러 쓴 여름

. . . . . .

여름 위에다 편지처럼 마음 하나 꾹꾹 눌러씁니다.

너무 흔한 초록을 마음껏 가져다 쓰고
해 질 녘 눅진한 노을도 한 폭 뜯어와 쓰고
화들짝 놀랄 만큼 차가운 빗물도 방울방울 모아다 씁
니다.

여름에 사랑을 합시다.

이 한 문장 쓰는 데에 계절 하나를 전부 빌렸습니다.

내가 아는 여름의 좋음을 이 고백에 가득 담았습니다.
세게 눌러쓴 탓에 영원히 지울 수 없는 마음입니다.

그러니 이제 내 여름도, 내 사랑도 다 그대 것입니다.

건넨 여름 받아 든 그대가 볕처럼 웃어주기에
나는 붉게 그을린 얼굴로 덜컥
여분의 계절까지도 모두 줄 것을 약속했습니다.

많은 비가 올 거라는 예보

. . . .

이토록 깊숙한 여름

고요처럼 자욱한 아름다움이

여러 차례 천둥보다도 요란합니다.

이제 곧 당신이 내게

덥석 쏟아질 모양입니다.

두 번째 낙원

삶을 건너는 리듬

Meet me in our paradise

바
라
는
삶

. . . .

담백하고 고요하게 살고 싶다는 생각을 합니다.

어떠한 일이 삶에 닥쳐온들 크게 동요하지 않고, 곁을 오가는 사람들에 지나치게 슬퍼하거나 들뜨지 않으며, 선부른 기대를 경계하면서도 너무 멀리까지 도망치지는 않고, 미움받는 순간에도 개의치 않고서 살고 싶다는 생각을요.

삶의 흐름에 휩쓸리지 않고 내가 흐름을 만드는 위치에 서 있고 싶어요. 어찌해도 일어날 일은 일어나기 마련이고, 죽을힘 다해 피한다 해도 할퀴어질 상처는 필히 몸과 마음에 묻어나기 마련이니까요.

정서적 허기짐을 지혜롭게 달랠 줄 아는 사람. 유연한

마음가짐으로 삶에 들이치는 장대비를 손쉽게 피할 줄 아는 사람. 아주 고여 있거나 폭포처럼 세차게 쏟지 않고, 중간쯤의 자그마한 냇물처럼 천천히 그러나 꾸준히 흐를 줄 아는 사람. 꼭 가닿고야 말 훗날의 단단한 모습입니다. 그날에 다다르기까지 우리 모두의 담백한 삶을 마음 다해 소망합니다.

인
생
의
과
제

. · ' · . · ' · .

우리네 인생 최대의 과제는,

세상 시시콜콜한 이야기와

가장 진지하고 무거운 이야기 모두를

함께 나눌 수 있는 사람을 찾는 것이다.

그러면 그런대로

. · . · . · .

오늘 내가 할 수 있는 일을 한다. 가능한 한 성실하게. 먼 미래는 떠올리는 것만으로 무력해지기 십상이라서. 능동적이기만 하다면 아주 작은 일이라도 좋다. 집을 치우고, 강아지와 산책을 하고, 커피를 마시고, 책을 읽고, 오늘 내가 해낼 수 있는 일을 미루지 않고 해치우는 것. 욕심 부리거나 불안해하지 않고, 내일을 염두에 두지 않은 채 오늘의 몫만을. 더 나은 내일이 무엇인지 모르겠고 궁극적인 목표를 좇으며 가는 삶이 무엇인지 짐작조차 할 수 없다면, 조금 치사하고 나약해 보일지라도 오늘 할 수 있는 것에 최선을 다한다.

　세세하게 계획하고, 체계적으로 발전을 도모하고, 자타가 인정할 만큼의 건강한 삶을 살아가는 이들을 존경하지만 비교하지 않는다. 그들은 그런 사람, 나는 이런 사람.

　하루 분량 이상의 삶까지 떠맡는 것은 나를 지치게 하니까. 이를 누구보다 내가 잘 알고 있고 완벽히 인정해 버렸으니까. 아무렴 좋다. 그대로 괜찮다. 내일 당장 풀썩 주저앉게 되더라도, 나는 오늘에 퍽 열심히 임한 나를 사랑하고 싶다. 누군가에게는 버려진 것들이 내게는 큰 성공이 될지도 모르는 일이기에. 하루를 후회 없이 최선을 다하되, 삶 전체를 두고 본다면 흐르는 대로. 그러면 그런대로.

나의 노력

. ˙ . ˙ . ˙ .

나는 나의 노력이 좋다. 내가 가진 것 중 가장 여리고 귀해서, 누구도 우습게 여기거나 멋대로 내려다볼 수 없다. 자주 애틋하고 뭉클하다 이따금 견딜 수 없을 만큼 기특한.

넘어지면 부끄러워 한참을 엎어져 있다 또 별것 아니라는 듯 주섬주섬 일어나 걸었다. 누군가의 손가락질이 꽤 따끔거릴 때가 있었지만 어떤 형태로든 나는 나아갔다. 쭉쭉 뻗어가지는 못했어도.

크게 애쓰지 않고 거뜬히 성취하는 이들도 있었다. 아쉽게도 나는 그처럼 탁월한 부류에 낄 수 없었다. 그래서 그들보다 배로 구르고 해지고 놀림 받고 힘껏 웃어야 했다.

최고로 뛰어나지 못했으니 최고로 뛰어다녀야만 했다. 나의 부족함을 내가 눈치채지 못하도록. 풍경을 눈에 담을 새도 없이 빠르게.

어쩔 수가 없었다. 노력을 더 노력하는 것 말고는 불안을 이기는 법 몰랐으니. 돌이켜보면 애지중지 대한 노력이 지금껏 나를 그르지 않은 길로 견인해 왔다. 노력이 쓸모없었다는 이야기를 나는 들어본 적이 없다. 내가 한 노력도 마찬가지다. 반복과 훈련이 곧 온온한 나를 만든다고 믿는다. 잠잠하던 찬 바닥에 삼월이면 싹이 돋는 것처럼.

꾸역꾸역 돋은 자그마한 싹이 모여 또 유월이면 온갖 초록이 되는 것처럼.

잘
살
고
싶
다

·······

　사실 난 하나도 괜찮지 않다. 줄곧 버티는 삶이었다. 잘
살고 싶은 염원만 꼭 쥔 채로 괜찮은 척을 성의껏 해왔다.
나 하나 건사하고 견디는 것만으로 벅차서 매번 여기저기
엉거주춤한 자세로 속해 있고는 했다. 여유가 자랄 공간을
마련하지 못한 마음은 원하지 않고 의도하지 않은 쪽으로
자꾸만 기울어졌다. 날카로워지고 치사해졌다. 아끼는 사람
의 기쁨에 온전히 기뻐하지 못했다. 포용도 이해도 공감도
마음이 화창해야 가능한 것들이었다. 하루가 멀다 하고 울
먹이는 마음이 아니라.

　나 잘 살고 싶다. 가슴을 꾹꾹 누르고 눈물 글썽이기에

급급한 삶 말고. 어제를 후회하며 오늘을 견디는 삶 뒤로 하고서 내일을 무궁히 상상하고 기대하는 삶을 살고 싶다. 자신을 가엾고 못나게 여기는 건 이제 정말 그만해야지. 나를 훼손하는 일을 멈춰야 한다.

내 기분을 위해

. . ˙ . . ˙ .

나를 위해, 내 기분을 위해서도 살아보자. 맛있는 음식으로 끼니를 때우자. 내 마음이 원한다면 옷도, 신발도 사서 입고 신어 봐. 때로는 조금 비싸더라도 기쁜 마음으로 더 좋은 걸 선택해. 생산적이지 않아도 괜찮으니 집 근처를 무작정 걷고, 대청소를 하고, 좋아하는 음악을 틈틈이 들어. 게임도 하고, 반신욕도 하고, 마사지도 받으러 가고, 좋은 술도 양껏 마셔. 일종의 도피처 같은 거. 수틀리면 냉큼 도망쳐 숨을 곳을 넉넉히 구비해두는 거야. 타인의 기분 말고 오직 내 기분을 위해서.

내 행복과 내 평화와 내 안식을 가장 소중히 여겨. 거

대한 행복을 한 번에 얻으려 애쓰기보다, 일상의 작고 잦은 행복을 놓치지 않는 것이 중요해. 남을 이해하고, 남의 기분을 살피고, 남의 행복을 대신 찾아주려 과하게 애쓰는 건 그만. 학습된 이타심은 자칫 나 자신을 아주 잃게 해. 축적된 힘으로 나를 이해하고, 내 기분을 샅샅이 살피고, 행복을 스스로 찾아. 나를 위해. 내 기분을 위해.

다
정
한

변
호

· · ˙ · ˙ · ·.

부쩍 예민해진 건 당신의 잘못이 아닙니다. 단지 마음 편히 기댈 곳 없고 너무 많은 사건을 혼자 감당해야 하기 때문입니다. 도움을 청하자니 상응하는 대가를 지불해야 할 것 같고, 응석이라도 부리려니 그럴 만한 일이 아닌 것 같기 때문입니다. 본디 인간은 누군가를 존경하고 존경받고 사랑하고 사랑받는 과정에서, 옳게 연대하고 서로 강하게 잡아당겨 의지하는 과정에서 안정감을 느낍니다. 비로소 주어진 삶에 집중할 수 있습니다.

혼자 해낼 수 있는 일과 여럿이어야 가능한 일이 극명하게 나누어져 있습니다. 무언가의 도움이, 위로와 용기가 필수적인 일을 혼자서 하려다 보니 탈이 나는 겁니다. 원하지 않음에도 예민해지고 날카로워지는 겁니다. 그러니 어울리지 않는 예민함에 자책할 필요도 당황할 필요도 없습니다. 자기 자신을 옭아매다 끝내 무너져서는 더더욱 안 됩니다.

　이기적이어도 아무럼 어떤가요. 근래 당신의 날카로움은 절대 당신의 잘못이 아닙니다.

다
짐

. ·`. . ·`.

　과거에 사는 일이 가장 익숙했다. 그때의 행복을 한 점 뜯어 입 안 가득 넣으면 현재의 불안이 쉽게 누그러지곤 했다. 늘 그랬다. 당장 내게 온 행복은 색이 조금 바랜 듯 채도가 낮았고, 과거에 내가 경험했던 행복은 시간이 흐를수록 더욱 탐낼 만한 것으로 자라났다.

　그렇다 할 걱정거리 하나 없던 어린 시절. 교복을 입고 친구들과 왁자지껄 떠들어대던 때. 사랑 하나면 아무것도 부럽지 않았던 날들까지. 생각해 보면 당시에도 꼭 견디지 못할 것만 같던 힘듦이 있었다. 시간이 흘러가며 거무튀튀한 것들 모두 걷어가고 좋은 기억만 떡하니 남겼을 뿐. 다시는 돌아갈 수 없는 시절이라는 이름이 유독 빛나 보였을 뿐. 하나 그 사실을 제때 알아차리기란 여간 어려운 일이 아니었다.

사랑은 늘 아주 끝난 후에야 그 사람을 향한 내 사랑이 얼마나 거대했는지 깨닫게 되고, 깨진 우정은 다시 이어 붙일 수 없을 만큼 잘게 조각난 후에야 충분히 대화하지 못했음에 한탄하며 울게 된다. 지난 시절 역시 무슨 수를 쓰더라도 되돌릴 수 없는 지금에서야 얼마나 찬란했던가 사무침으로 알게 된다. 이렇듯 삶에 일어나는 모든 일은 끝에 다다라서야 진면목이 드러난다.

그러는 나는 어렵더라도 지금을 사는 사람이 되어야지 다짐한다. 쉼 없이 불필요한 감정을 걷어내고 주어진 감정을 귀히 여기도록 애쓰겠다고. 과거나 미래가 아닌 현재에 깊숙이 머무르며, 사랑으로 삶을 대하는 사람으로 익어가겠다고. 행복이 왔을 때 온전히 소화할 수 있는 지혜를 기르겠다고.

잊지 말아야지. 별 볼 일 없는 것만 같은 지금 역시, 훗날 꽤 탐낼 만한 행복으로 자라난다는 것을.

나를 지키는 쪽에 서기

· · · · · · ·

누군가가 나를 미워하거나 오해하고 있다는 사실을 알게 되어도 크게 동요하지 않는다. 작정하고 나를 밀어내려는 이들은 어디에나 있기에. 그들마저 모두 품고자 애쓰는 것만큼 비효율적인 일이 없음을 이제는 안다. 나의 시간과 에너지는 보다 가치 있는 곳에 사용됐으면 싶다. 내가 억지로 애쓰지 않아도 사랑과 응원만 보내주는 이들에게 전부 할애하고 싶다. 그래도 되고, 그것만으로 충분하고도 남을 삶이다.

일직선의 마음

. · ˙ · . · ˙ · .

온전한 행복을 끌어내는 일이 힘들어졌다. 내가 어떤 것들을 진정으로 좋아하는지, 무얼 해야 때 묻지 않은 웃음을 내비치는지 새까맣게 잊은 모양이다. 꽤 오랜 시간 유배되고 유폐된 마음을 비집고 들어왔던 거라고는 온통 파랗거나 보랏빛을 띠는 상처 따위의 것들뿐이었으니, 어쩌면 당연한 귀결이다.

행복이 호흡만큼이나 익숙한 감정으로 존재할 수는 없는 걸까. 끼니처럼 거르는 것이 어색할 정도로 당연하게. 타인과 인사를 주고받을 때 오늘은 어떤 행복을 챙겨 먹었느냐는 말을 가장 먼저 꺼내놓을 수 있도록. 누구의 행복이 더 크고 단단한가 재어 볼 필요도 없게. 내일처럼 단순한 반복으로 와도 좋고, 겨우 모래알만 한 크기여도 아무럼 괜찮을 테니.

그게 가능하다면 기꺼이 내 모난 부분들을 모자란 곳 어디든 부끄러움 없이 꿰맞추겠다. 가끔 터진 울음이 쏟는 비보다도 차가웁건, 오래 머물 장마가 아닌 금방 퍼붓고 달아나는 소낙비라 당당히 일러주겠다.

행복의 보편을 바라는 이들과 내가 수직으로 묶이기를. 그리하여 우리의 간절함이 더욱 센 힘을 갖게 되기를. 우리가 쥐고 달리는 실타래가 또 다른 누군가에게는 흔한 구원이기를.

이 진부한 망상만큼은 꾸는 꿈보다 실현에 좀 더 맞닿아 있었으면 좋겠다. 우리가 더불어 사는 이곳은 웃는 얼굴이 그리 생소하지 않은 곳이라면 좋겠다. 잦은 행복에도 괜한 불안이 뒤따르지 않는 곳이라면 좋겠다. 탈이 난대도 좋으니, 어디 한번 배불리 행복했으면 좋겠다. 끝끝내 우리가 무한한 행복의 굴레 속으로 발을 헛디뎠으면, 줄기차게 행복했으면 좋겠다.

　　과분한 소망은 얼마 못 가 넝마처럼 해지고 말 테지만, 부디 행복으로 향하고자 하는 이 일직선의 마음 곧게 놓일 수 있는 날이 드리우기를. 그곳은 나눠 가질 수 있을 만큼 이나 행복이 풍족한 세계이기를.

삶이 나를 밀어낼 때

. · ' · . · ' · .

오래전부터 무언가를 잃는 게 무서웠다. 잃는다는 말에는 알 수 없는 위태로움이 서려 있다. 좋아하는 것이라면 무엇이든 붙잡고 있어야 헛디디지 않을 것 같았다. 살면서 나는 자주 잃어버렸고, 잃지 않으려는 강박은 갈수록 커졌다. 삶의 부피가 얇아지는 것을 가만히 지켜보고 있는 게 고역이었다. 그것은 나를 버릇처럼 멈추게 했다. 좋아하는 사람과 일을 마주할 때 조용히 브레이크를 밟게 만들었다. 속도를 줄이면, 천천히 나아가면, 언젠가 닥칠 이별의 순간에도 덜 아플 수 있을 거라 믿었다.

친구와 술잔을 기울이며 그런 이야기를 했던 날, 그는

유난히도 담담한 얼굴로 말했다.

"너는 외로워질 용기가 없는 거야. 떠날 사람이 떠나가는 게 무서운 거지."

맞았다. 소중한 것이 사라지는 순간을 두려워했다. 그것을 외면하려 내도록 무심했던 시절을 보냈던 것이다. 그가 이어서 말했다.

"근데 태완아, 알아? 결국 떠날 사람은 떠나고, 남을 사람은 남아. 네가 어떤 모습이든, 아무리 밀어내도 남을 사람은 끝까지 남아준다는 거야."

나는 대답하지 못한 채 그의 말을 삼켰다. 그리고 오랜 시간이 지난 이제야 깨닫는다. 내가 그토록 두려워했던 상실의 순간에도, 돌아보면 곁에 있어 준 사람들이 있었다는 것을. 믿었던 이가 떠났다고 울던 날 헐레벌떡 전화해 주던 친구도 있었고, 어설픈 모습에도 아무렇지 않게 다가와 어깨를 툭툭 쳐주던 사람도 있었다.

사실 삶이라는 건 머물고 떠나는 일의 반복일 뿐이다. 떠난다고 전부 끝나는 것이 아니고, 붙잡는다고 영원히 머물러주는 것도 아니다. 이별이 아프다고 해서 상처를 미리 감싸 쥘 준비를 한다는 건 얼마나 쓸쓸한 일인가. 내일 아프지 않기 위해 오늘의 사랑을 아끼는 일은 또 얼마나 우스운가.

삶이 나를 밀어낼 때마다 생각한다. 언젠가는 사라질지 몰라도, 지금 이 순간은 분명히 여기에 존재하고 있다고. 더 이상 잃어버릴 것을 걱정하며 멈춰 있지는 말자고. 이별이 두려워서 조심스레 브레이크를 밟지 말고, 마음껏 사랑하고 아파하고 그리워하며 살아보자고.

그러니 너무 무서워하지 않아도 된다. 조금은 할퀴어져도 된다. 삶이란 결국 내가 시작해서 나만이 끝낼 수 있기에. 단지 내가 운전하는 택시처럼 타고 내리는 사람들이 있을 뿐이다. 오가는 손님에 아쉬워하거나 슬퍼하지 말자. 내가 그렇듯 그들도 나름의 여정에 바삐 간 것일 테니.

삶이란 결국 내가 시작해서 나만이 끝낼 수 있기에.

단지 내가 운전하는 택시처럼

타고 내리는 사람들이 있을 뿐이다.

오가는 손님에 아쉬워하거나 슬퍼하지 말자.

내가 그렇듯 그들도 나름의 여정에 바삐 간 것일 테니.

. ·˙·. ·˙·. ·˙·. ·˙·.

내
존
재
의
부
재

. ˙ . ˙ . ˙ .

거실 귀퉁이에 앉아 쉬는데 무언가 휩쓸고 가는 듯하더니 찌르르 눈물이 쏟아졌다. 나는 곧장 그 자리에 널브러져 누웠다. 도대체 무엇 때문일까. 왜였을까. 눈물의 속내가 궁금했다.

줄곧 나는 나를 설명하길 꺼렸다. 온전히 이해시킬 자신도 없을뿐더러, 실은 나조차도 내가 무엇인지 모르고 있기 때문이었다. 그게 나를 힘들게 했다. 나는 누구이고 어떤 의미일까.

자주 우중충해졌고, 잘 내어줬고, 그러다 매번 가장 소중한 것들을 잃었고, 무너졌고, 그럼에도 환하게 웃었고, 몹

시 흥분했고, 부끄러워지다가 황급히 숨었고, 물에 빠진 듯
숨이 찼고, 어느 날은 평온했고, 이기적이었고, 쉽게 영원을
약속했고, 지키지 않았고, 진취적이었다가 금방 시들었고,
간사했고, 이따금 신을 간절히 찾았고, 우뚝 섰고, 비참해
졌고, 중요한 것이 무엇인가 헷갈렸고, 선택의 오류에 진종
일 스러졌고, 잔뜩 조여 있다가도 금세 타래처럼 길게 풀어
지곤 했다.

　이런 날들을 끊임없이 반복했다. 그러다 무엇에도 쉽게
동요하지 않는 건조한 토막이 되어버렸다. 그래야 빠르게
죽어가는 것을 늦출 수 있었고 남들처럼 평범하게 살 수
있었다. 워낙 예민하고 뜯어질 듯 얇았기에 작은 소란에도
금방 터져버렸고 깊게 다쳤다. 귀를 막고 나만 들을 수 있
는 소리를 꽥꽥 질러대도, 초 간격으로 눈앞에서 새로이 일
어나는 일들을 외면할 수 없어 고통스러웠다. 그러다가 때
때로 울컥할 만큼 사랑을 했고, 아껴둔 마음을 한 번에 쏟
아냈고, 다시금 주워 담지 못했다.

　나는 부서질 듯 화창했다가 막혀 죽을 듯 슬프고 어두
웠다. 여기와 저기를 제 의지가 아닌 채로 오고 갔다. 그러
다 보니 꼭 여기의 나도, 저기의 나도 자주 만나지 못한 것

처럼 낯설었다. 종종 외로워졌다. 모든 곳의 내가 멀게만 느껴졌다. 내가 나와 친하지 않았으니 세상 누구와도 완벽히 가까워지지 못했다. 나는 온갖 세계에 퍼져 있었으나, 진짜 '나'는 어디에도 존재하지 않았다. 유일하지 못했다. 그렇기에 더욱 억울하고 무서웠다. 재미있고 기쁘다가도 순식간에 사라지는 웃음이 마치 환영인 것 같아 벌벌 떨어댔다. 나는 무엇인가. 누구일까. 나는 내가 너무나 애틋하다. 오롯이 위해준 적 없어 무척 안쓰럽다.

내 존재의 부재.

가끔 이렇게 두서도 없이 눈물을 쏟는 이유이자, 나를 멈추지 않고 구렁텅이 속으로 끌어당기는 것. 잃어버린 적도 없지만, 나는 나를 하루빨리 찾고만 싶다. 세상에 나는 어떤 역할로 내려졌는가. 찾아야만 한다.

구원 메시지

. · ˙ · . · ˙ · .

　살이 쪘다고 해서 삶이 끝나지는 않는다. 부모님을 실망시켰다고 해서 삶이 끝나지는 않는다. 모든 걸 쏟아부었던 시험에 떨어졌다고 해서 삶이 끝나지는 않는다. 사랑이 마음처럼 이루어지지 않았다 해서 삶이 끝나지는 않는다. 무엇을 해야 하는지 모른다 해서 삶이 끝나지는 않는다. 소중한 사람을 아프게 했다고 해서, 마음에 큰 상처를 입었다고 해서, 잠시 나 자신을 잃었다 해서 삶이 끝나지는 않는다.

　바로잡기 위해 다시금 시도하지 않을 때, 일말의 노력조차 하지 않고 보기 좋게 무너질 때, 그때 삶은 수명을 다하고 만다. 나를 끊임없이 의심하고 그것으로 모자라 다시는 일어서지 못하게 다리를 걸고 밀쳐 넘어트릴 때 삶은 더 이상 내 것이 아니게 된다.

실패하고, 넘어지고, 이기적이고, 멈춰있는 건 정말 아무런 문제가 되지 않는다. 실패한 만큼 도전하고 넘어진 만큼 일어서고 이기적이었던 것만큼 배려하고 멈춰있었던 만큼 나아가면 된다. 내가 나를 아주 놓지 않으면 기회는 언제라도 온다. 내가 나를 꽉 붙들고 있으면, 도망도 포기도 휴식과 깨달음이 된다. 희고 검은 구름이 빼곡히 가린다 한들 하늘은 사실 내내 푸른 것처럼. 이런 나도 실은 변함없는 그때의 나와 같다.

삶의 갈증을 해소하는 법

. . . .

바다가 보고 싶을 때면 항상 마음이 그렇게나 무너진 날이었다. 사는 게 지쳐 무엇이든 넘어서기에 가파른. 그런 날에 나는, 억수 같은 힘듦을 바다가 보고 싶다 돌려 말하곤 했다.

바다가 가진 무한한 수분을 가만히 바라보는 것만으로도 좀처럼 가시지 않던 갈증이 해소되는 것을 느낄 수 있었다. 쉴 없이 오가는 파도가 다시 움직일 동력을 주기도 했다. 숱한 고통 실은 하나도 흘려보내지 못했지만, 도망치듯 찾은 바다를 다시 등지고 돌아오는 길에는 왠지 모를 홀가분함이 있었다. 해결된 것 하나 없어도 이겨낼 용기 하나 크게 얻어온 까닭이었으리라.

산다는 건 매일 하루만큼 버텨보는 것일 텐데, 그마저도 버겁게 하는 힘듦은 어째서 갈수록 극성인지. 이겨내도 이겨내도 새 옷을 걸쳐 입는 그것이 어찌나 미운지. 행복을 독차지하는 꿈은 평생을 가도 이룰 수 없다는 냉담한 현실이 유독 야속한 날들. 아무도 몰래 숨겨둔 결핍이, 연약한 속살이, 이따금 간사해지는 속내가 끝내 드러날까 두려운 날들. 도대체 어느 정도의 간절함을 덧대어 기워야 내 삶도 제법 새것처럼 보일는지.

아니나 다를까 이토록 무너진 마음은 관성처럼 바다를 찾는다. 다시 살게 하는 용기가, 모난 구석 어루만질 여유가 그곳으로부터 오는 것이어서. 바다가 필요한 날. 아득한 수평선과 불안 없이 나란하고 싶다. 바다가 보고 싶다.

순간을 기억하는 것

· ´ · ` · ´ ·

낭만을 아는 사람이 좋다. 삶이 투박해도 온전히 휘둘리지 않고, 그 틈 속에서 작은 낭만을 챙길 줄 아는. 크리스마스에 나와 함께 하고 싶은 일을 벌써 들떠 찾아보는 사람. 하늘이 예쁜 날이면 어김없이 하늘 사진 한 장 보내주는 사람. 꼭 특별한 날이 아니더라도 꽃다발 한 아름 깜짝 안겨주는 사람. 유독 추운 날, 붕어빵 한 봉지 사다가 웃는 얼굴로 나를 만나러 오는 사람. 생일은 물론이거니와 자칫 시시할 수 있는 순간마저 나와 함께 기념하고자 하는 사람.

누군가는 사탕 주고 빼빼로 주는 날들이 상술에 불과

하다지만, 상술에 일부러 당하고 싶은 사랑도 있음을 알려주는 사람. 낭만이 밥 먹여주고 우리를 배불리는 건 아니지만, 잊지 않은 만큼 삶을 풍요롭게 해주는 것만은 분명하다. 깜빡하지 않은 낭만 덕에 사랑하는 사람이 찰나인들 환하게 웃어준다면, 그것만으로 너무 커다란 행복일 테니까.

쓸모와 쓸모없음의 사이에서 개의치 않고 낭만 하나 따뜻하게 누릴 줄 아는 사람이 좋다.

선선한 날씨처럼

.·.·.·.

함께일 때 이상하리만큼 시간이 빠르게 흐르는 모든 것을 사랑이라 여긴다. 연인과의 애틋한 속삭임도, 절친한 친구와의 즐거운 한때도, 몰두하여 정신 차릴 틈 없는 일까지도 내게는 모두 사랑이다. 구태여 애쓰지 않아도 내 하루를 몽땅한 연필처럼 짤막하게 만드는 것들.

공평하게 주어진 시간은 연신 발을 굴러도 사랑과 함께인 나의 속도를 따라잡지 못한다. 자꾸만 생각나는 이유를 모르고, 이유를 모른다는 것이 하나도 답답하지 않으며, 함께하는 순간에서야 비로소 이유가 선명해진다.

내가 사랑하는 것들이 겪는 모든 사건에 기꺼이 동참하

고 싶다. 자주 함께일 수 있다면, 시간이 쏜살같이 흘러 내가 예상보다 일찍 희끗하게 늙어버린대도 좋을 테니.

사랑은 오는 계절과 같아서 가까울수록 그 내음이 물씬하다. 오늘 함께 이야기하고 시간을 보낸다면, 내일 한 뼘 더 가까워지고 짙어진다. 실감이 더해지고 의심과는 멀어진다.

삶이 좀처럼 들뜨지 않고 기쁨이 느릿느릿 제 역할을 하지 않을 때는, 나를 정해진 시간보다 더 빨리 걷게 하는 일과 사람을 가까이에 두자. 내가 사랑이라 여기는 것들과 오순도순 모여 앉아 평소보다 빠르게 흐르는 시간을 만끽하자. 선선한 날씨처럼. 불편함 없이 마냥 좋아 죽겠다는 얼굴로.

낙원의 테두리 바깥으로

. · ´ . · ´ .

구름 한 장이 쓸려간다

가로등 불은 잘 익은 귤색이었다

해진 내 마음 마주한 어머니가
그거 기워줄게 여기 놓고 가라시고

듬성듬성 소리 없이 뽑혀 나간
어린 이빨들의 고함소리가 멀리서 들려왔다

다른 사람들과 어울리지 아니한 채

한 생애가 낙원을 겉도느라 등이 굽어가고 있었다

그래도 돼

. · ' · . · ' · .

요즘 많이 힘들지. 또 토해내지 못하고 꾹 참고 있었지. 마음은 초조한데 걸음은 쉽게 안 떨어지고, 등 떠밀려 우뚝 선 곳은 외롭고 불편하기만 하지. 곪은 속내 하나 털어놓을 곳 마땅치 않고, 해 저물고 하루가 다 가면 텅 빈 밤 아래 매번 무력하게 스러지곤 하지.

나는 이 모든 게 몸도 마음도 너무 지쳐버린 탓이라고 생각해. 너는 지금 회복이 쉽지 않을 만큼 지쳐있는 거야. 주어진 책임과 부담이 무거워서. 시작과 견딤이 두렵고 지루해서. 사람이 무섭고 일이 어려워서. 참고 버티면 시간이 모두 해결해 주리라는 믿음밖에 알지 못해서.

슬프면 울고, 고통스러우면 내려놓기도 하고, 아프면 며칠쯤 푹 쉬고, 힘들면 힘들다 소리 내어 말하고, 기쁠 때는 눈치 보지 않고 마음껏 웃으며 살아야 해. 그래야만 내가 나로서 이곳에 존재할 수 있는 거야. 삶에 어떠한 문제가 생겼을 때 해결을 서두르는 것만이 능사는 아니거든. 자신을 돌보는 일이 최우선이 되어야만 해. 보다 건강해졌을 훗날의 너에게 전부 떠맡겨도 좋다는 말이야.

그래도 돼. 잘하고 있어. 잘 해낼 수 있어. 설령 해내지 못한다 해도 주눅 들지 마. 못해도 되고, 실패해도 되고, 모두 망쳐버려도 괜찮아. 너를 잘 보살피고 다독이는 거 잊지 말고. 웬만해선 끼니 거르지 말고. 그래도 돼.

나만의 빈틈

. . . .

그간 내 마음을 병들게 했던 원인이 무엇이었는가 생각해 본다. 타인과 나의 삶 전반을 너무 속속들이 비교한 것. 사람들의 시선을 지나치게 의식한 것. 누군가에게 인정받아야만 기쁨을 쟁취할 수 있다 여긴 것.

매번 타인의 표정과 언어로부터 나의 가치를 찾기에 급급했다. 설령 누군가 나의 장점을 알아보고서 추켜세워 준다 한들, 그것을 가장 많이, 먼저 의심한 것은 다름 아닌 나 자신이었다. 자주 예민하며 신경질적이었고 견디기 힘들만큼의 초조함은 나를 깊은 무기력으로 잠겨버리게 했다. 기댈 곳은 있어도 없는 것과 마찬가지였고, 무한할 것만 같은 고통은 온전히 혼자만의 몫이었다.

고된 악습을 끊어낼 방법에는 무엇이 있을까. 잠깐의 독서가 당장의 스트레스에서 절반은 덜어낼 수 있다는 글을 본 적이 있다. 비슷한 행위로는 음악 감상과 산책 그리고 커피 마시기가 있다고. 중요한 것은 이런 행위가 자발성과 능동성이 충족된다는 데에 있다. 누가 시킨 것이 아니고, 내 의지대로 몸과 마음을 움직일 수 있으며, 소소한 기쁨의 연속과 자유를 만끽할 수 있는 일.

이 행위들이 나를 완전한 천국으로 견인해 주리라고는 기대하지 않는다. 다만 바라던 이상적인 삶으로 보다 쉽게 갈 수 있게 도움을 줄 수는 있지 않나. 독서, 산책, 음악 감상. 무엇보다 중요한 것은 원치 않는 일로 빼곡한 삶 속에서 '나만의 빈틈'을 구축하는 것.

마음껏 웃으며 살아야 해.

그래야만 내가 나로서 이곳에 존재할 수 있는 거야.

삶에 어떠한 문제가 생겼을 때

해결을 서두르는 것만이 능사는 아니거든.

자신을 돌보는 일이 최우선이 되어야만 해.

저마다의 최선으로

힘듦이 헛되지 않은 순간은 분명히 온다. 고생 끝에 낙이 온다는 말. 구태여 증명이 필요치 않은 말이다. 여러 차례의 경험으로 이미 알고 있는 우리지만, 매번 새것처럼 오는 힘듦의 낯섦 앞에 지레 겁을 먹는 것일 뿐. 누구도 팔 걷어붙여 제 일처럼 도와주지 않았던, 스스로 버텨낸 인고의 시간 끄트머리에는 항상 해방의 순간이 있었다. 많은 시간 머금을수록 더 세차게 쏟는 단비가 선명히 있었다.

불안은 당장의 문제를 돌파할 용기보다 숨고 도망칠 나약함을 편애한다. 안주하게 하고 되돌아가게 한다. 나로 하여금 그것을 평안으로 착각하게 만든다. 그렇기에 불확실한 미래는 아득하고 거대하며, 대개 우리는 기쁨이 있는 '고생의 끝'에 도달하기도 전에 주저앉고 만다. 지극히 살펴야 할 삶이 무엇인지 명확히 알면서도, 다시는 마주치지 않으리라 각오하며 재빨리 벗어나는 것이다.

하지만 늘 그렇듯 도망친 곳에 낙원은 없다. 애써 벗어난 힘듦을 다시 마주하게 하는 것 역시 불안이다. 도망치고 나서야 고통을 등지고 살 수 없음을 깨닫는다. 나를 한숨 쉬게 했던 것들이, 실은 꽤 자주 큰 숨을 돌리게 도왔다는 것을 알게 된다. 불안의 편애는 때때로 변덕스럽다. 나를 완전히 바보로 만들 때와 엇비슷한 모습으로 무엇이든 해낼 듯한 용기를 선뜻 준다. 일전의 도피는 금세 스쳐 가는 기우였음을. 저항해도, 또 저항해도 결국 불안이 나를 버티게 한다. 불안이 나를 바로 세운다. 불안이 나를 고생의 끝으로, 그 낙원으로 견인한다.

불확실한 미래는 여전히 모호하지만, 알 수 없음의 굴레에 기꺼이 휘둘리고 싶다. 대단한 변화와 두드러진 성장세가 없을지라도. 다시 또 불안의 변덕이 단단함에 훼방을 놓는다 해도. 쉬지 않고 구른 발걸음이 끝내 제자리를 지킨다 하더라도. 여기까지 잘 왔다. 포기한 적 없었으니 너무 기특하다. 쉽지 않은 시절이겠지만 힘껏 건너 내일로 가자. 이 순간을 위해 지금껏 버텼음을 알게 되는 날은 분명히 올 테니까. 오늘도 저마다의 최선으로 임했을 우리를 우리가 응원하자.

한 줌만큼의 정성

．·'·．·'·．

　사랑의 기본은 연락과 꾸준한 관심이다. 어떠한 상황에도 짧은 전화나 문자 한 통은 결코 어려운 게 아니다. 서너 시간을 힘껏 달려야 그 사람을 만날 수 있다 해도, 보고 싶은 마음 움켜쥐고 웃으며 갈 수 있는 것이 옳은 사랑이다. 사랑을 이유로 들면 극도의 비효율적인 일도 마냥 헛수고로 치부되지 않는다. 사랑만큼 비효율적인 것도 없지만, 사랑이라서 가능해지는 것들.

　당신이 사랑하는 사람이 진정으로 바라는 것은 휘황하고 특별한 것이 아니다. 사소하더라도 꾸준한 관심과 일상을 함께하고 있다는 느낌을 안겨주는 것. 당신의 삶을 모두 뒤로한 채 사랑에만 몰두하라는 이기적인 바람이 아니다. 오늘 끼니는 제때 챙겼는지, 속상한 일이 있었던 건 아닌지, 혹 아픈 곳은 없는지 다정히 물어보는 것.

한 줌만큼의 정성이면 서로 간의 사랑은 여름 수풀처럼 무성히 자랄 수밖에 없다.

당신 같은 사람

. . ' . . ' . .

내가 정말 사랑받고 있구나, 명확히 느껴지게 하는 사람이 좋다. 매사에 나를 건너다보는 눈빛과 행동거지에 일말의 거짓이 없는. 같은 의미라도 조금 더 예쁘게 다듬은 말을 건네주는 사람.

날카롭고 공격적인 말들의 빽빽한 틈을 기어코 비집고 들어 싹을 틔우는 다정. 어디에나 있는 어둠마저 밝히는 예쁜 사람이. 사랑다운 사랑을 받을 때의 나는 세상에 못 이길 것이 없는 사람이 된다. 내가 알지 못하는 곳에서조차 나를 북돋아 주는 사랑이 참 믿음직해서. 삶이 너무 버거워 전부 내려놓고 털썩 누워버렸을 때도, 언제나 포근한 사랑 위였다.

생각해 보면 내가 정말 좋은 사람을 만났다고 느끼는 때는 언제나 일관됐다. 외모나 능력이 출중한 게 아니라 같이 있을 때 둘 모두가 이상해지는 사람. 함께인 게 너무 즐겁고 좋아서 약간 바보가 되어버리는 사이. 나를 무엇보다 큰 사랑 받는 사람으로 만들어주는 당신 같은 사람.

너희들 다 줄게

바깥을 좀 봐, 애들아.
시원한 바람이 분다.

이제야 가을이 오려는 걸까.

지난했던 여름을 차차 배웅하자.
유난히 고되었던.
그럼에도 놓아주기에는 퍽 아쉬운.

그을린 피부와도 매끄럽게 작별하자.

슬픔을 씻어내듯이.
온전히 가을에 뒤덮일 수 있게끔.

높고 맑은 하늘을 올려다보자.
눈동자가 온통
파란색이 될 때까지.
그로 인해 우리가
마음껏 여유로워질 수 있도록.

여름새 소외된 마음에게
설 자리를 주자.
주워 담기에 충분한 응원을
발치에 흩뿌려 주자.

오는 가을이
만져질 것 같은 기쁨을 줄 거야.
우리의 것.
우리가 가져도 되는 기쁨을.

날씨가 무지막지하게 좋아.
창밖으로 손을 뻗어
여름의 등을 쓸어주고
가을의 팔을 잡아당기자.

혹 생각만큼
많은 행복을 쥐지 못하더라도,
내가 가진 가을 전부
너희들에게 나눠줄게.

아까워 않고, 아끼지 않고.
그냥 그거 전부 너희들 줄게.

빗
금

. · ′ · . · ′ ·.

그해 장마는 어지러워도 너무 어지러웠다

성한 적 없어 줄곧 헛구역질만 했다
너와 나는 서로의 혈관을 세게 붙잡았다

젖은 꿈이 여름을 들끓게 흉내 내던 밤
아주 증발하는 그것을 뒤따르는 일이

영원히 헤매는 일일 줄은

꿈에도 몰랐다

무언가 말하려는 내 입을 네가 삼켰으므로
우리는 아무것도 나누지 않은 사랑

너는 여름에만 있다
쏟아도 너무 쏟는 여름

너의 눈이 어떻게 생겼었지
지독히도 뿌옇다

어른 2

.·'·.·'·.

나도 모르는 새 어른이 됐다. 하루하루 더디게만 가던 어린 시절은 사실 찰나에 불과했고, 내게는 마냥 먼 이야기였던 어른의 삶은 당장 내가 발 딛고 사는 오늘이 됐다. 그렇게 어른이 되고 싶었는데, 막상 이만큼 커버리고 보니 두고 온 날들이 어찌나 그리운지 모른다. 원한다면 무엇이든 될 수 있을 것 같았지만 내 몸 하나 건사하는 것조차 힘에 부쳐 주저앉기 일쑤이고, 누구도 참견 않는 자유가 간절했지만 그만큼의 책임이 뒤따른다는 사실은 미처 예상하지 못했다. 한참을 올려다봐야 끝에 닿을 수 있던 엄마 아빠의 커다란 존재도 이제는 작고 힘없는 풀꽃 같다. 그들이

얼마나 고된 삶을 견뎌왔는지 이따금 큰 슬픔으로써 깨닫
게 된다.

어른이 된다는 건, 다시는 아이가 될 수 없다는 건, 상
상 이상으로 어렵고 슬픈 일이었구나. 너무나도 울고 싶지
만 누구보다 활짝 웃어야 할 때가 있고, 눈 감고 귀 막은
채 공들여 숨고 싶지만 꾸역꾸역 할 일을 해내야 할 때가
있는 것. 하지만 나열하자면 끝도 없이 복잡하기만 한 삶을
큰 탈 없이 살아내고 있는 것만으로도 충분히 멋진 어른이
되었다는 것 아닐까. 우리는 쏜살같은 시간에 순순히 올라
타 나름의 울타리를 단단히 구축하고 있다.

앞으로 어떤 방식과 방향으로 삶의 길을 트게 될지 잘
모르겠지만, 이것 하나만큼은 장담할 수 있고 나 자신과
손가락 걸어 약속할 수 있다. 돌아갈 수 없는 길 위에 서서
못 이기는 척 나아갈 거라는 것. 조금 후회하고 더 기대하
면서 씩씩하게.

현관 등

경적 한번 않은 슬픔과 충돌했다

인기척 없이도 현관 등이

켜졌다 꺼질 수 있는 것처럼

누군가의 고통에 대신 오열하는 것처럼

이럴 때는 어떤 얼굴이 되어야 할까

금세 어둠이 내리겠지만

떠난 사람은

어제 죽은 사람은
액자 속에만 있다

사진 속에서만 웃는다
울음은 그 바깥사람들의 몫이다

쉽사리 가시지 않을 슬픔이
찬 공기처럼 십이월 겨울에 둥둥 떠 있다

현관 등이 켜졌다 꺼진다
인기척 없어도
자꾸만 내다보게 되는 슬픔이 있을 것이다

아버지의 일요일

. . · . . · . .

아버지는 일요일이면 단 한 번도 빠짐없이 매번 어린 나를 데리고서 집 앞의 작은 산을 오르셨다. 나는 일주일 내내 그날을 기다렸다. 놀이터에서 보내는 친구들과의 시간보다도 더 고대하며.

그리 춥지 않은 날에는 산에 오르기 전 미리 사둔 시원한 탄산음료 한 캔을 잠이 덜 깬 내 볼에 슬쩍 얹어주셨다. 우리 아들 제일 좋아하는 거, 엄마한테는 비밀. 나보다도 소년 같은 웃음 머금으시고선.

산 중턱에서는 다른 이들의 간절함 위에 돌 하나씩 얹어 소원을 빌었고, 장난감이며 신발이며 용돈이며 하는 나의 소원과 달리 아버지의 소원은 우리 가족의 건강이 전부였다. 아버지는 내가 두세 시간씩 쪼그려 앉아 번데기의 등을 찢으며 나오는 잠자리를 구경하는 것을 군말 없이 기다려주셨고, 가재나 송사리를 보고 싶어 하는 나를 위해 발이 젖는 것에 개의치 않고 계곡의 돌을 전부 들어주셨다. 서른이 다 된 지금까지도 나는 그 시절의 사랑을 바로 어제의 것처럼 품고 산다. 좋은 사랑은 가만히 기다려주는 것이며, 낭만이 쉽게 부서지지 않도록 지켜주는 것임을 내내 곱씹으면서.

내가 조금은 괜찮은 어른으로 자라기를 바라는 아버지의 숨은 소원을, 순수함을 모두 잃지 않았으면 하는 응원을 이제는 누구보다 잘 안다. 사랑은 결코 정해진 형태가 없으며, 누구를 위하고 또 얼마큼의 마음을 담았느냐에 달린 것 아닐까. 아까워 않고 나에게 전부 내주었던 아버지의 일요일이 그랬듯이. 숨통이 막힐 때마다 생명처럼 손 더듬어 찾게 되는 것.

나의 애순과 관식

. ' . ' . ' .

"부모는 모른다. 자식 가슴에 옹이가 생기는 순간을. 알기만 하면 다 막아 줄 터라, 신이 모르게 하신다. 옹이 없이 크는 나무는 없다고 모르게 하고, 자식의 옹이가 아비 가슴에는 구멍이 될 걸 알아서 쉬쉬하게 한다."

드라마 폭싹 속았수다에서 가장 인상 깊었던 대사. 나는 이 대사가 마냥 좋았다. 곱씹을수록 뭉클해서, 오랜만에 점도 없이 맑은 눈물을 펑펑 흘리게 해줘서 좋았다. 드라마 하나에 삶이 송두리째 흔들린다. 낯설고 짓궂지만 이게 기쁨이고 평화 같아서 좋다.

극 중 독백 내레이션으로만 표현되는 금명이의 속내는

나를 자주 멈칫하게 한다. 부모 앞에 마음처럼 나오지 않는 언행이 지나치게 내 것 같아서. "그냥 미안하단 한마디가 하고 싶었는데, 그 물컹한 덩이들이 입 밖으로 나가면 꼭 가시가 됐다." 이에 공감하지 못할 자식들은 세상천지에 없지 않을까. 함께 살 때는 감히 면전에 대고, 결혼해 독립한 지금은 전화와 문자로 부모님 가슴에 가시를 쏘아댔다.

　노래하겠다, 글 쓰겠다 제대로 된 대화 한번 없이 엄마 아빠의 기대를 저버렸던 철부지 아들. 언제고 부모님 여린 속의 대못이었으며 영영 아픈 손가락일 막내아들. "다른 사람을 대할 때는 연애편지 쓰듯 했다. 한 자, 한 자, 배려하고 공들였다. 남은 한 번만 잘해줘도 세상에 없는 은인이 된다. 그런데 백만 번 고마운 은인에게는 낙서장 대하듯 했다. 말도, 마음도 고르지 않고 튀어나왔다"라는 금명이의 말이 내 지난 시절을 따끔하게 회초리질했다. 부모를 향한 죄책감은 언제나 다른 매개체를 통해 발현된다. 자식 가슴의 옹이처럼 신이 쉬쉬하게 하는 것이 아닌데도.

　내 삶뿐만 아니라 부모님의 삶 또한 그들에겐 처음이라는 사실을 자주 망각한다. 엄마와 아빠는 내 멋대로 슈퍼맨 원더우먼 시켜두고, 나만 처음을 방패 삼아 요리조리 빠

져나갔다. 히어로들은 늙고 굽고 작아졌다. 자꾸 미안해하고 조심스러워하고 멋쩍게 웃는다. 부모의 세월은 껍데기만 흐른다. 가장 실하고 달큼한 알맹이는 자식의 삶과 하나로 두느라고.

결혼하고 아내에게 버릇처럼 하는 말이 있다. 엄마는 이걸 어떻게 매일 해냈을까. 아빠는 이걸 어떻게 지금껏 버텼을까. 그들의 지난 삶 고됨에 비할 바 아니겠지만, 나는 이따금 삶이 지나치게 버거운 것 아닌가 불평한다. 이토록 엉망진창인 세상을 그들은 어찌 티 한번 제대로 낸 적 없이 건너왔나 싶다. 자식들 얼굴 보며 이겨냈다기에는 내가 그들 앞에 힘이 될 만한 얼굴로 오래 있었던 적이 없는데. 그런데도 엄마는 내가 군대 훈련소를 수료하던 날 소녀처럼 울며 한번 안아보자 했고, 아빠는 나의 모든 선택에 기수처럼 앞장서 쏟아지는 모든 살을 먼저 맞아줬다.

부모의 사랑은 양과 농도를 측정할 수 없는 독립된 무엇 같다. 말도 안 되게 크고 달다. 너무하다 싶을 만큼 이타적이다. 자신의 유익은 안중에도 없고 자식을 향해 몰아치는 비바람을 틈 없이 막는 데에 혼신을 다한다. 엄마 아빠에게도 엄마 아빠가 있었을 텐데, 그런 건 부모라는 명찰을 달고서 새까맣게 잊어버린다. 신은 자식에겐 후하고 부모에겐 박하다. 지나친 편애에도 불평 한번 않을 것을 알아서일까.

그들이 맘졸이며 발 동동 구른 시간만큼 내가 탈 없이 자랐음을 안다. 내게는 가정을 꾸려 집을 나간 자식에게 여전히 밥은 먹었느냐 묻는 엄마가 애순이고, 어떻게 알았는지 매번 필요한 걸 뚝딱 가져다주는 아빠가 관식이다. 어쩌면 내가 말하기도 훨씬 전에 슈퍼맨과 원더우먼을 자처했을 사람들. 나의 애순과 관식.

—출처: 넷플릭스 시리즈 〈폭싹 속았수다〉, 극본 임상춘.

세 번째 낙원

Meet me in our paradise

우리의 이름으로 걷는 길

우리들의 천국

. · ˙ · . · ˙ · .

결이 맞는 사람이 참 귀하다. 내가 쉽게 무너지지 않도록 온 힘 다해 내 삶을 견인해 주는 사람. 취향과 가치관이 같은 방향으로 뻗은 사람. 알게 모르게 서로를 보살피고 다정의 영향 아래 쑥쑥 성장해 가는 관계. 취향과 가치관 중 하나만 들어맞아도 어쩌면 이 사람과는 평생 갈까 싶다. 그만큼 손발 딱딱 맞출 수 있는 사람과 가까이 머물기 힘든 세상이니까.

유독 지옥을 많이 두고 사는 나는 걸음마다 놓인 구렁텅이에 빠지지 않으려 눈코 뜰 새 없이 애쓰며 산다. 그런 수고를 어찌 알았는지 그들은 신기하리만큼 때맞춰 나타

나 나를 부축하고 앉아 쉬게 한다. 내 감정을 기민하게 알아차린다. 내가 아껴주고 싶은 사람들은 늘 이렇게 나보다 발이 빠르다.

참 웃긴 건, 그들도 나와 같이 생각하고 나를 숨 돌릴 곳으로 둔 채 안심하며 산다는 것이다. 그들도 나도 주고받는 일상적인 대화를 가장 안전한 곳에 쟁여뒀다가 마음이 허기질 때 한 줌씩 꺼내어 배를 채운다. 그 말들이 내게는 너무 따스해서 한 번 섭취하는 것만으로도 고질적인 불안이 뭉근하게 녹는다.

나는 여전히 미비하고 겁도 많고 이따금 한심하지만, 또 여전히 같은 결로 흐르는 그들과 함께여서 아무렴 괜찮다. 결이 맞는다는 건, 그러니까 특별하고 특출나지 않아도 언제든 서로에게 천국이 되어줄 수 있다는 것. 그러니 언제든 내가 만든 천국으로 놀러 와. 너희들이 만든 천국이 내게는 세상에서 제일이듯.

쉽게 들키는 사람

.·˙·.·˙·.

좋아하는 마음을 티 내고, 쉽게 들켜 아주 드러나는 사람이 좋다. 사랑에 의문을 가질 필요를 덜컥 앗아가는 사람이. 그런 사람과 나누는 사랑에는 어떤 불안이나 계산도 맥을 추리지 못하니까. 긴장하거나 움츠러들지 않아도 안정적이고 따뜻한 사랑을 할 수 있다. 비로소 사랑과 다정이 동의어가 된다. 정말 사랑만 하면 되는 사랑. 내게 사랑을 말하는 음성과 눈빛에 정직함이 뚝뚝 묻어나는 사람. 무슨 수를 쓴다 한들 의심되지 않을. 언제나 냉정했던 사랑이 그로 인해 재조립된다. 모난 곳 하나 없는 둥근 마음이 된다.

이렇듯 전에 없던 맹목적인 사랑에 훤히 노출되는 게

좋다. 사랑은 받고 또 받아도 절대 싫증 나는 법이 없으니까. 사랑 앞에 숨고 도망가기 바빴던 나조차도 사랑을 우렁차게 말하도록 하니까. 나를 향한 애정이 목소리와 표정 그리고 호흡에서까지도 듬뿍 묻어나는 사람이 좋다. 사랑을 제일 앞장세워 당당하고 투명한 걸음으로 내게 오는 사람이 너무 좋다.

친구야

.·´·.·´·.

친구야. 나는 몰라도 너는 슬픔이며 상처며 하는 것들 몰랐으면 참 좋겠다. 네 존재 자체로 사랑받고, 어떤 불안에 휘청거린 마음인들 기대어 쉴 곳 즐비한 곳에서 살아갔으면 좋겠다. 나 역시 기꺼이 눈앞의 큰 기둥이 될게. 너의 소중함은 네 생각보다 훨씬 반짝이는 것이니, 내가 그 빛 그늘지지 않게 해줄게. 어쩌다 삶이 퍽 지루해지면 한달음에 가 기쁨도 듬뿍 줄게.

너를 가만히 오래 떠올리면 조금 울 것 같은 기분이 된다. 우리 건너온 시절이 너무 애틋해서. 너를 이토록 깊이 생각하게 될 줄은 몰랐네. 네가 겪을 슬픔을 생각하면 왜

인지 내 것보다 더 몸이 뒤틀린다. 그러니 그만 아파하자. 슬픔도 상처도 모르는 채로 같이 살아보자. 유독 예쁜 하늘 뜨는 날엔 가장 먼저 알려줄 테니 우리 같이 살아보자.

사랑은 나를 멀리까지 날게 한다

. . ˙ . . ˙ .

당신이 좋아하는 것을 기억해 뒀다 훗날 알아주거나 슬쩍 건네주는 것. 사랑한다는 말의 또 다른 형태다. 이거 네가 좋아하는 거잖아. 너 좋아하는 것으로 사 왔어. 짧지만 고맙고 애틋한 문장. 누군가의 기쁨을 기억하는 일. 그 사람의 행복을 책임지고 싶은 마음.

사랑은 가장 사소한 곳에서 가장 색색들이 피어난다. 푸른 풀밭의 새하얀 풀꽃처럼. 담장 위를 꼬불꼬불 뒤덮은 여름꽃처럼. 작고 여리지만 내 시선과 마음을 단숨에 훔쳐 가는 것. 사랑이라는 게 이렇게나 예쁘다. 또 사랑은 나의 세계를 무한히 확장시킨다. 단순히 감정과 말을 주고받는 게 아니라, 각자 애써 가꿔왔던 세상을 허물없이 공유하게 된다. 영영 불가능하리라 여겨왔던 일들이 사랑을 함으로써 만져질 듯 가까운 일이 된다. 막다른 길인 줄 알았던 곳이 실은 낙원으로 가는 길이었음을 알게 된다. 분명 괜찮지 않았던 것을 괜찮은 것으로 만들어주는 것이 사랑이다.

무작정 행복해지려고 나누는 것이 아닌, 불행조차도 함께라면 행복과 다름없다고 느끼게 하는 신비한 감정. 사랑은 나를 완전히 새롭도록, 새로운 사람으로 살아가게 한다. 구름처럼 항상 내가 볼 수 있는 곳에서 나를 둥둥 띄워 멀리까지 날게 한다.

우정이라는 기적

. · ˙ · . · ˙ · .

일평생 우리는 많은 종류의 우정을 경험한다. 개중에는 드물지만 너무나도 특별해서, 우리가 꼭 만나야 했던 필연적인 이유가 있을지도 모르겠다 여기는 인연이 있기 마련이다. 서로 어디에 살든, 어떤 빈도로 만나든, 세월이 흘러 나이가 들든, 삶의 어떤 국면에 처해 있든 영원히 지속되는 우정이다. 계산할 필요도, 애정의 척도를 판단할 필요도 없이 모든 것을 통해 곁을 지키는 우정.

행복과 슬픔, 그리고 그사이의 모든 것을 나눌 수 있는 사람과 삶을 함께 건너는 것보다 더 큰 위안은 없다. 그들은 당신의 꿈을 격려하고, 질투심 없이 당신의 승리를 소망

한다. 그들은 오직 당신에게 좋은 게 무엇인지, 우리 서로 도움이 될 만한 게 무엇인지만을 고민하고 실천한다. 그들은 따뜻하고, 밝고, 사랑스럽고, 단단한 의리를 가졌다. 그렇기에 당신이 그들 앞에서 가장 건강한 마음과 해맑은 표정을, 다신 없을 진정한 행복을 느낄 수밖에 없는 것이다.

질투 끝에 배운 것들

같은 말이라도 예쁘게 다듬어 할 줄 아는 사람을 동경한 적 있다. 그들의 다정은 꼭 신념 같아서 무엇도 뚫지 못할 만큼 단단해 보였다. 자신과 남을 같은 선상에 올려둔 채 대할 수 있다는 것 자체로 내게는 너무 큰 사람인 듯 느껴졌다.

순간의 기분을 말과 행동에 섞어내지 않고, 이미 튼튼하게 이어진 관계에도 초심 같은 노력을 쏟고, 오가는 대화를 귀담을 줄 알고, 자그마한 감사와 사랑이라도 제때 표현할 줄 알고, 나조차 내팽개친 나의 쓸모를 후후 털어 귀하다 듯 간직해 주는. 그들은 서성임과 망설임이 잉태한 나의 불안을 보란 듯이 용기로 바꿔놓았다. 그 놀랍도록 대단한 능력을 줄곧 질투했다. 위선이라며 비아냥거렸다. 가난한 마음의 산물이었다.

다정과 배려가 습관이 되기까지 그들이 행한 노력을 이제는 안다. 무수히 많은 다짐과 연습을 통해 자신의 것으로 만들 수 있었다는 것을. 내게 왔던 예쁜 말과 다정에 뒤늦은 감사를 전한다. 자랑스럽고 마냥 고마운 사람들. 그런 당신에게 내 차례의 행복과 좋음을 모두 보낸다.

영원한 건 없다는 말

. · ' · . . · ' · .

무언가를 건강하게 그리워하고 그것의 가장 아름다운 모습을 더 오래도록 간직하기 위해서는 적당한 거리를 두어야 합니다. 그것으로부터 조금 멀어져야 해요. 나를 아주 태우려 드는 여름의 뙤약볕과 관절 하나하나를 얼어붙게 만드는 겨울의 혹한도 다음 계절이 되면 문득 보고 싶어지는 것처럼요.

영원한 건 어디에도 없다는 말에는 약간의 모순이 있습니다. 그것은 단지 '현재진행형으로 지속 가능한 어떤 것'에 한해서 유효한 말이었습니다. 내게 남은 기억은 나의 철저한 관리감독 하에 영원히 남을 수 있습니다. 가장 찬란했던 시절과 사랑과 모습을 영영 간직하는 것은 오로지 나의 몫이고, 분명히 사라지지 않게 할 수 있습니다.

무언가와 헤어진다는 것은 곧 내가 책임지고 간직할 귀한 기억 하나 새로이 생긴다는 것과 같습니다.

같은 과거를 그리워하는 사람들

. · ˙ . . ˙ .

오랜 친구들이 참 소중하다. 그들은 좀처럼 늙지 않는다. 나도 그들과 함께할 때면 늙기를 잠시 멈출 수 있다. 준비동작도 없이 훌쩍 그 시절의 사람이 된다. 우스운 표정도 짓고 욕도 하고 청춘처럼 취해 큰소리도 한번 내본다.

어릴 적 명절이 되면 부모님은 늘 친구와 통화를 했다. 그때마다 꼭 다른 사람이 됐다. 잔뜩 신난 골목대장 같았다. 나는 이름도 얼굴도 잘 모르는 아저씨 아줌마들이 그냥 좋았다. 엄마아빠가 나처럼 웃으니까. 어른들은 전부 먼 과거에 가장 즐거운 걸 두고 오는구나. 그렇다면 왜 두고 오는 거지? 궁금했지만 몰래 속으로만 생각했다.

제아무리 애쓴대도 인간은 시간을 역행할 수 없다. 그러니 어른들도 지금의 나도 가장 즐거운 것을 부러 두고 온 게 아니라 등 떠밀려 놓쳐버린 것이다. 같은 과거를 그리워하는 사람과의 시절 대화는 언제라도 지루하지 않다. 그래서 옛 친구와 마주하는 일은 버튼 하나 꾹 누르면 밝은 소릴 내는 인형처럼 나를 쉽게 들뜬 사람으로 만든다.

새해랍시고 오랜 친구들에게 연락한 적이 있다. 물론 정다운 말이 오가지는 않았다. 건강하든가 말든가. 복 많이 받든가 말든가. 곧 밥이나 술이나 먹든가 말든가.

오래도록 나랑 친구 하든가 하든가 하든가.

당신의 것을 귀히 여기는 마음

. . ˙ . . ˙ .

　사랑이란 내가 원하는 것보다 상대가 원하는 것을 우선시하는 것 아닐까. 바라는 바를 자주 이뤄주는 게 가까운 목표가 되는 것. 알아주지 않아도 좋을 다정과 배려를 습관처럼 행하게 되는 것. 쉬지 않고 입 안에서 굴러다니는 당신의 이름 탓에, 간지러워 몇 번이고 깔깔 웃으며 그 이름을 부르게 되는 것.

　사랑에 빠지는 것은 언제나 자신의 몫이다. 누구의 탓으로 돌릴 수도 없는, 순간 마음이 제멋대로 동했기 때문이라 한들, 어지러운 찰나 또한 자신의 의지가 가득 깃든 선택이 작용한다. 그러니 사랑에는 필히 선택에 걸맞은 책임이 뒤따라야 마땅하다. 누가 더 사랑하고 말고의 문제가 아니라, 사랑해서 선택했기 때문에 책임지고 증명하는 것. 내가 더 사랑하는 것을 억울해 않고 외려 자랑으로 여기는 것. 우선시하고, 위하고, 시간의 대부분을 할애하는 일이 하나도 아깝지 않게끔 하는 것.

무수한 사랑을 굳이 한데 모아 정의해야 한다면, 당신의 것을 더욱 귀히 여기는 마음이라 하고 싶다. 가만히 두 눈 감고 귀를 활짝 열면 꽃 소리가 차르르 들려오는 이 계절에 우리 모두의 사랑이 옳은 형태로 널리 번졌으면 싶은 마음으로.

참 고마운 사람
그냥 너라서

. . . .

오래도록 함께하고 싶은 친구가 있다. 온갖 시기 질투와 괄시가 난무하는 관계들 속, 대가 없이 웃음과 위로만 주고 받을 수 있는 한둘의 친구.

바쁜 탓에 자주 보지 못해도 얼굴 볼 때면 어제 만난 것처럼 금방 편해지는 친구. 눈빛만 봐도 알 수 있는 친구. 애써 돌려 말할 필요 없는 친구. 슬픈 일이 생기면 가장 먼 저 위로를 구하고 싶은 친구. 좋은 일이라면 더 일찍 알려 주고 싶은 친구. 성격도 자라온 환경도 아주 다르지만, 취 향의 교집합이 잘 맞물리는 친구. 혹 나와 다른 결정을 해 도 당연한 듯 이해할 수 있는 친구. 함께일 때면 꼭 어린 시절로 돌아간 것처럼 유치해지는 친구. 시답잖은 이야기만으로도 웃음꽃을 피울 수 있는 친구. 나를 아프게 하는 사람에게 더한 아픔을 줘버리겠다며 씩씩거리는 친구. 내 행복은 물론이거니와 슬픔까지도 반씩 나누려 손 내미는 친구. 아닌 것 같아도 참 따뜻하고 다정한 사람. 늘 나보다 조금 더 어른인 사람. 속 깊은 친구.

우리가 절친해진 계기는 희미해 잘 기억나지 않지만, 이 마음 오래가리라는 것만은 분명하다. 우리가 지금처럼만 서로를 위할 수 있다면 좋겠다. 나는 항상 같은 모습으로 응원할 테니. 너의 더한 행복을 바란다고. 아프지 않기를, 덜 울고 자주 웃기를 바란다고. 너랑 친구일 수 있어 너무 기쁘다고. 그래서 고맙다고.

해 줄 수 있는 만큼

. . ' . . ' . .

고요하고 잔잔한 사람이 좋다. 숲처럼 울창하면서도 적당한 소음으로 나를 편안케 하는. 가까이 머물면 왠지 바람도 순히 불고, 세차게 쏟는 비에도 옷깃 하나 젖지 않을 수 있을 것 같은 사람. 내가 어떤 울음을 꺼내놓아도 묵묵히 들어주고, 기쁨을 섣불리 나눈대도 약점이나 질투가 되지 않는 사람이.

유연한 마음과 올곧은 태도로 상대방을 아우르는 이들이 있다. 돌아보면 웃는 얼굴로 손 흔들며 우직이 서 있는 사람. 아무 대가를 지불하지 않아도 그들은 항상 나의 행복과 행운을 빌어준다. 믿음을 강요하기 이전에 불쑥 그보

다 더한 신뢰를 안겨준다. 그럼에도 자신의 능력이나 노력
을 뽐내는 법이 없다. 자칫 알아보지 못한 채 지나쳐 버리
게 될 만큼이나 잔잔하다. 가볍지만 만만하지 않고, 무겁지
만 어렵지 않은. 무엇이든 해줄 것처럼 떠벌리기보다, 해줄
수 있는 선에서 최선을 다하는.

그러는 나는 늘 습관처럼 주변을 살펴야지. 혹 그들의
보살핌을 당연히 여기게 되지 않도록. 나를 감싼 그들의 울
창함과 건강한 마음에 힘입어, 씩씩하게 숲길을 거닐며 살
아야지.

장막이 걷힌 뒤

. ·. ·. ·. .

살다 보면 누구라도 어떠한 형태로든 사랑을 맞닥뜨리게 된다. 사랑이란 정의된 것이 없기에 매번 통념을 벗어난 채 제각기 다른 성질을 지니고서 자라난다. 그건 일종의 강력한 환각제 같아서, 처한 당시의 기억과 판단력 그리고 걱정이나 불안 따위의 감정을 모두 앗아간다. 그래서 한 발짝 떨어져 상기해 보는 지난 사랑이 엉망이거나 불투명한 것이다.

지난 사랑을 '사랑'으로만 바라볼 수 있게 되기까지는 적잖은 마음의 품이 든다. 상호 간에 저질렀던 과오와 그 탓에 생겨버린 움푹 팬 생채기. 그게 모두 아무는 동안 초

간격으로 머릿속을 헤집는 이기적인 원망. 평안과 혼란이 끊임없이 반복되는 동안 완전히 무너지지 않고 중심을 잡는 것은 온전히 남은 나 하나의 몫이다.

바보처럼 내 모든 것을 주고도 헤벌쭉 웃을 수 있었던 시절과, 모든 것을 갖고도 돌아서 버린 그를 흐른 시간에 힘입어 마냥 그리워만 하는 순애. 옛사랑에 대한 가장 이상적인 예의. 이토록 열과 성을 다해 이미 죽은 사랑을 기리는 일이 결코 쉬운 일이 아님을 나는 너무도 잘 알고 있다.

어떤 사랑은 지나가며 발 디딘 모든 순간을 통째로 자신의 것으로 만든다. 그 순간을 계절도, 날씨도, 옷차림도, 표정도 아닌 오직 '그런 사랑을 했던 시절'로 회상하게 한다. 아무리 애써도 기억의 구석진 곳에 좀처럼 빠지지 않는 응어리로 남는 것이다.

이런 익살스러운 사랑의 장난을 어떻게 받아들일지는 누구도 아닌 나의 선택에 달렸다. 계속해서 기억의 틈을 비집고 드는 사랑은 악몽과 추억의 경계에 머무르며, 언제라도 내가 원하는 방향으로 몸을 기울일 준비를 하고 있기에.

남겨진 건 꼭 볼품없는 것들뿐이겠지만, 그럼에도 우리는 최선을 다해 가는 사랑을 배웅하고 오는 사랑을 버선발로 마중해야 하는 게 아닐까. 순환하는 사랑을 거스르지 말고, 내게 존재하는 모든 사랑을 존중하며, 사랑이 아무럼 대단한들 그것이 나를 무너뜨리려는 것을 지켜만 보지 않는 것. 내가 있기에 사랑도 있음을 결코 잊지 않는 것. 이것이 내게 존재하는 사랑을 대하고자 하는 궁극적인 태도다.

끝난 사랑은 누구에게나 예외 없이 아픔이다. 당장의 아픔을 이겨내고 잊으려 괜한 애를 쓸 필요는 없지만, 언젠가 시간이 용서하고야 말 그 시절을 악착같이 미워하지 않는 것이 좋겠다. 여유가 된다면 우리가 벗어난 빈 사랑에 축복이 깃들기를 바라기도 하고, 각자의 길을 나선 우리의 걸음에 왠지 모를 씩씩함이 묻어나기를 바라기도 하면서. 사랑이란 이름 하나로 강하게도 얽혔던 마음들이 너저분히 과거를 떠돌게 두지 않기를. 부디 한낱 후회 따위로 점철된 청춘으로 여기지 않기를.

모든 시간을 용케도 버텨낸 이들에게 주어지는 특혜를 가뿐히 누리기를. 마침내 귀한 사랑을 더럽히던 막이 걷히고, 사랑 본연의 살굿빛 속살이 드러나는 것을 똑똑히 목격하기를. 비로소 내가 알던 사랑과 당당하게 마주하기를.

잘되기를 바라는 마음

. . · . . · .

잘되기를 바라는 마음만큼 날것의 사랑도 없다.

마냥 좋아하고 아끼는 마음으로는 좀처럼 담을 수 없던 애정이 여기에 다 들어 있다. 방금 막 불 지펴진 찬연한 사랑과는 조금 다른 감정. 모두가 아는 붉은색보다는 차라리 짙은 갈색을 띠는 마음. 겉으로 보기에는 근사하지 않아도 채워진 애정의 밀도만은 무엇보다 촘촘하다.

어떤 사람을 정말 순수한 마음으로 응원하고 위한다면, 내게 따르는 이익 따위가 한 톨 되지 않을 때도 변함없는 마음이어야 한다. 뻔히 보이는 그 사람의 약점을 내 옷가지로 황급히 가려줄 수 있어야 하고, 지루하기 짝이 없는 길인들 뒤처지지 않는 템포로 발맞춰 걸어줄 수 있어야 한다.

오래 익을수록 가치가 커지는 마음. 도리어 사랑보다 더 사랑 같은 것. 당신이 좀처럼 빛을 내뿜지 못하고 있을 때도 아랑곳 않고 곁을 채워주는 사람이 있다면, 그 사람이 곧 당신과 가장 날것의 사랑으로 얽혀 있는 인연이다. 대가 없이도 서로의 성공과 행복을 소망할 수 있는.

예측할 수 없는

. . . · . . · . .

　십여 년이 넘도록 함께였던 사람들 중 몇은 그렇다 할 이유도 없이 멀어졌고, 짧게 맞물려 금세 잊히겠거니 했던 이들과의 만남은 지금까지도 단단히 이어지고 있다. 한때는 몇 날 며칠씩 푹 빠져들었던 음악의 제목을 새까맣게 잊어버렸다. 입에 대는 것조차 질색했던 음식을 즐겨 먹게 됐으며, 너무 좋아한다 떠벌리고 다녔던 것들은 언제 그랬냐는 듯 삶의 전반 바깥으로 밀려났다.

　인생이란 아무도 정의할 수 없고 예측할 수 없는 미지의 영역이다. 매 순간이 기회이자 선물이다. 그렇기에 잊지 않고 다정해야 한다. 내게로 온 모든 이들에게 언제까지고 나를 보여줄 수 없는 노릇이기에. 이별과 마지막은 친절히 예고해 주는 법 없으니까. 인연과 삶 모두에게 늘 최선을 다해야지. 소중한 사람과 함께하는 것은 다신 없을 큰 행복이지 않나.

나는 우리가 덜 아프고 더 기뻤으면 좋겠다. 덜 슬프고 더 자주 행복했으면 좋겠다. 버겁더라도 순간을 놓치지 않고 재밌게 살았으면, 가능한 우리가 아주 오래오래 함께했으면 좋겠다. 다정하고 상냥한 모습으로.

차
라
리
어
여
쁨

. ˙ ˙ . ˙ ˙ .

사랑을 하면 지키고 싶은 게 많아진다. 내가 품은 이 사랑을 지키기 위해 지켜야 할 다른 것들이 많아지는 것이다. 평소라면 거들떠보지도 않았을 일 앞에 최선을 다하게 될 때가 있다. 혹 내 사랑에 도움이 되지 않을까 싶어서. 무작정 빨리 갈 필요도, 많은 것을 해내야 할 필요도, 매 순간 완벽한 결과를 내야 할 필요도 없다는 걸 알지만, 사랑 앞에만 서면 이상하리만큼 과장된 모습의 내가 된다. 내가 가진 고유의 결핍이 들통나지 않도록 부단히 애쓴다. 강단 있는 척, 무엇이든 해낼 수 있는 척, 별일 아닌 척. 무수한 거짓이 한데 모이면 정말이지 그 능력이 만들어진다.

사랑은 거짓마저 진실로, 무능을 능력으로 탈바꿈케 하는 힘이 있다. 결핍이 도움이 되는 세상 유일한 일이다. 모든 결핍과 무능과 거짓을 정반대의 것으로 바꿔놓기 위해 사랑 앞에 최선을 다하는 얼굴은 결코 볼품없지 않다. 그것은 차라리 어여쁨이다. 제 꼴의 아름다움을 가장 잘 표출하는 것이다.

적당한 거리감

.·.···.·.

적당한 거리감을 능숙히 알기란 참 어려운 일이다. 맺은 인연에 다가가야 할, 혹은 다가올 수 있는 한계선을 임의로 그어놓는 것. 관계로부터 받게 될지 모를 상처를 미리 예방하는 일.

그러나 나는 누군가를 사랑하는 마음에 조절이 필요하다고 믿지 않는다. 어떤 이들은 사랑이 곧 고통이라 경계하기도 하지만, 사실 사랑에는 심지 굳은 각오와 그에 따른 감당만이 있다고 여긴다. 적당한 마음으로 당장 발을 뺄 것처럼 사랑할 바에는, 언젠가 털썩 주저앉게 될지라도 내 전부를 그러모아 다발로 안겨주고 싶다. 초조하고 서툴러 보이더라도, 무모하고 불안해 보이더라도 당신에게 진심만 주고 싶다. 다른 건 몰라도 내가 당신을 소중히 여기고 있다는 것만은 똑똑히 알려주고 싶다. 내가 바보처럼 머뭇거리고, 안절부절못하고, 이따금 휘청거리는 건 모두 당신을 옳게 사랑하려 애쓰느라 그런 것임을.

우리 서로 간의 적당한 거리를 알지 못해 자주 부딪히고 얽혀 나뒹굴더라도 늘 하나로 있자. 미움이나 원망 따위가 머리칼처럼 자라나면 두려워 말고 곱게 빗어두자. 나는 당신을 선 넘어 범람하듯 사랑하고 싶다. 복잡한 각오와 감당은 내 몫으로 두고 당신을 아이처럼 지켜주고 싶다. 내가 우습게 몸을 부풀려 만든 엉성한 그늘 아래, 그대 내내 몸을 뉘어 쉬어 봐도 좋을 테니.

우
리
는

그
것
을

. · ˙ · . · ˙ · .

첫사랑이란, 지금 사랑의 가장 굵은 기준선이 되어주는 사람이다. 누군가를 사랑하는 방법과 넘치게 사랑받는 방법을 처음으로 알게 해준 사람. 가장 순수할 때 만났기에 무척 서투를 수밖에 없었던. 함께라는 이유 하나로 온 세상을 양손 가득 꽉 쥐고 있는 듯했던. 내 사랑의 한계를 보기 좋게 무너뜨리고 기어코 나의 세상이 되었던.

어떤 고난과 역경도 기꺼이 감내하리란 용기를 갖게끔 했던 사람. 다 자라지 못한 마음이나마 전부 주고 싶었던 사람. 그럼에도 더 주지 못해 매 순간 속을 앓았고, 건넨 만큼 받지 못한들 아무럼 괜찮았던 사람.

영원할 줄만 알았고, 영원을 당연히 여겼고, 평생을 배경으로 삼은 온갖 약속을 다 걸었던 사람. 이따금 가슴 저려오게 하고, 사랑이 사랑인 줄 몰랐던 시절을 후회하게 하는 사람. 아주 잊히는 것이 아니라 영영 한 줌씩 무뎌지는. 다신 없을 커다란 아픔이었던, 끝을 알면서도 몇 번이나 겪은들 좋을 사랑.

아름다움을 그리워하고 많은 순간에 애증이 있는 것. 우리는 그것을 첫사랑이라 한다.

한
때
의
기
억

. · ˙ · . · ˙ · .

한때의 기억으로 평생을 살아가는 사람이 있다. 그곳에
놓인 내가 너무 좋아서. 두 번 없을 괜찮은 모습이기에.

오늘이 저무는 게 그렇게 아쉬웠어도 기대하는 내일이
있었던. 덕분에 고된 하루를 자꾸만 무찌르고는 했던 시
절. 그리고 그 모든 것을 가능케 했던 것은 언제나 사랑.

간직한 기억의 팔 할은 같은 사랑에 연루된 당신 것임
을. 막이 내리고 앵콜 요청 한번 울리지 않았어도, 여운만
으로 평생 소멸하지 않는 사랑이 있다. 이토록 귀한 사랑의
기억은 굵은 연장선으로 이어져 그때처럼 나를 살린다. 그
때 나를 웃게 했던 것처럼 지금 길을 거니는 나를 덤덤히

웃게 한다. 모두 잊힌 듯 옅어져도, 금방 호주머니에서 꺼내 먹을 수 있을 만큼 항상 가까이에 있다. 전부 잃고 하염없이 무너져도, 고작 지난 기억 하나가 용기가 되어 나를 다시 삶으로 등 떠민다.

사랑이 그렇다. 사랑이 속한 기억이 그렇다. 세상과 나사이 거친 벽을 잘도 허문다. 엉망이라도 괜찮다고, 지난한 날들 모두 허상이라고, 네게는 언제고 훌쩍 뛰어넘어 올 낙원이 여기 있다고 다독인다. 유약해 흐트러진 마음 단번에 바로 세운다.

나를 살아가게 하는 한때의 기억이. 그곳의 사랑이.

마음의 유무

· · · · · ·

사랑에 있어 가장 중요한 것은 결국 마음의 유무다. 건강한 사랑을 이룩한다는 명목으로 행해지는 모든 노력이나 상대방에 대한 배려와 희생은, 사랑을 향해 마음이 거짓 없이 동해야만 비로소 가능해지고 알맞은 힘을 갖는다.

내가 조금 불편하더라도 상대방이 질색하는 일이라면 의식해서 그만두려 애쓰는 것. 아무리 바쁜 일상이더라도 좁은 틈을 비집고 들어 세게 껴안을 시간을 만드는 것. 상대방의 사소한 습관과 스치듯 내뱉었던 나름의 언어를 사진처럼 기억하는 것. 미움받지 않기 위함이 아니라 사랑하기 때문에 기꺼이 건넬 수 있는 물질과 시간.

　이미 떠난 지 오래라 푸석해진 마음이라면 이 모든 것
은 억지 같은 노동이 되겠지만, 여전히 새순이 돋고 봄볕
내리쬐는 비옥한 마음이라면 단연 본능의 영역이 되는 것
이다. 부러 애쓰지 않아도 저절로 노력하고, 달려가고, 껴안
고, 기억하고, 건네게 된다. 마음은 지나치게 솔직한 면이
있어 좀처럼 숨기지 못하고 말과 행동으로 하여금 모두 드
러나게 한다.

　마음이 있으니 사랑이 당당히 있는 것이고, 마음이 없
으니 사랑도 차차 사라지는 것이다.

우
리
로

있
자

 · · · · · ·

    길게 보고 오래도록 익숙하자 우리는. 서로를 어떤 수단이나 잠시간 기대었다 뿌리치고 마는 존재로 여기지 않고, 묻고 바라지 않아도 당연히 안고 안길 수 있는 사이로 있자. 종종 같은 음식을 나누어 먹으며 너 한번 나 한번 그릇에 덜고. 여기 정말 맛있다 신나서 서로를 보며 한껏 웃고.

    길고 긴 여정 어디쯤 왔을까 도무지 모르겠다가도, 네 목소리 한 톨이면 그게 또 풍족한 끼니가 되어 내일로 성큼 갈 수 있게 하고. 같이 노는 동안, 우리가 우리인 시간 동안 절대 서로의 적이 되는 일 없고. 그렇게 모난 곳 없이 잘 뒹구는 사이로 있자. 삶이 있고 죽음이 있는 한 어떤 것도 영원할 수 없다면, 그러면 우리는 개중에 가장 길고 빼곡히 왔다 가는 장마 하자. 함박눈 하자. 여름의 한낮, 겨울의 오랜 밤 하자. 있는 것 중 가장 길고 많은 사이로 있자. 언제나 그랬듯 잘 배려하고, 잘 아끼고, 잘 사랑하자. 덜 어리석게. 덜 모질게. 덜 슬프고 덜 아프게 하면서.

우리가 마주하는 세상에 수평선처럼 단 하나로 있자. 비 맞으면 쉽고 빠르게 막아주도록. 손을 쭉 뻗으면 닿을 거리에서, 실눈 떠도 잘 보이는 그런 곳에서 같이 있자. 굵고 짙지 않아도 괜찮으니 가늘고 은은하게 우리로 있자.

네 곁을 비우지 않겠다는 말

. . · . . · ' .

　보고 싶다는 말이 참 좋다. 이 말에는 온갖 사랑과 약속, 그리고 왠지 모를 애틋한 믿음이 담겨 있다. 보고 싶다는 말은 때때로 사랑한다는 말보다 더 사랑처럼 쓰인다. 고작 얼굴 한번 보고 마는 것이 아니라, 준비한 핑곗거리가 무색할 만큼 덜컥 안아달라는 뜻이다. 네가 없는 나는 이렇게 어린아이라며 떼를 쓰는 것이다. 허락만 있다면 그게 언제라도 한달음에 네게로 가겠다는 뜻이고, 우리가 만나기 위해서라면 주말을 몇 번이고 비워두겠다는 뜻이다. 너를 꽃으로 삼아 네가 이야기하는 꽃말에 귀 기울이겠다는 뜻이다. 나 기꺼이 네 기둥이 될 테니 우리 서로 기대어 살

자고, 얼마큼의 고난이 와도 네 곁을 비우지 않겠다고 새끼
손가락을 수줍게 내미는 것이다. 무섭고 무너져 어둑해진
마음에, 한철 울고 가는 매미 말고 오래 떠 있는 별처럼 든
든히 매달리겠다는 약속이다. 이 손 가득 화양을 줄 테니
마음껏 연화가 되어도 좋다는 사랑이다.

　　날마다 보고 싶은 사람.
　　나는 지금 네가 보고 싶다.

보고 싶다는 말은 때때로
사랑한다는 말보다 더 사랑처럼 쓰인다.
우리가 만나기 위해서라면
주말을 몇 번이고 비워두겠다는 뜻이다.
너를 꽃으로 삼아 네가 이야기하는 꽃말에
귀 기울이겠다는 뜻이다.

가을 감기

따뜻이 데운 물을 마실 때마다
오래도 앓은 이름을 떠올린다
사랑해, 하는 말보다
족히 곱절은 더 사랑했었나

내 것처럼 부를 적은 아주 먼 날이라
콜록콜록 앓음만 오밤중에 퍼진다

큰비 멎으면 가을이 온다 하더라

이맘때의 감기는 글쎄,

독하고

슬프다

첫눈 있던 날의 결별

. . · . · . · .

추위도 창문을 열게 하는 것
손이 붉게 아릴 만큼

열병을 대가로 얻어
종일 몸져눕게 될 만큼
너무 겨울이래도

발이 얼어 상하는 줄도 모르게
문을 박차고 나가게 하는 것

첫눈

그 결별

비겁했던 연애

왜 당신은 매번

이리도 아픈 첫눈입니까

밴드 실리카겔의 NO PAIN을 듣고

. . ˙ . ˙ . .

아주 똑같지는 않더라도 엇비슷한 고통을 안고 사는 이들끼리 소통하며 공생하고 싶다는 생각을 한 적이 있다. 내가 가진 슬픔을 어깨 너머로나마 이해해 줄 수 있는 이들과 함께 끝끝내 기쁨을 이룩해 내는 일. 꿈속 혹은 동화 속이어야 가능할 법했기에 진즉 포기하고야 말았던 바람을, 나는 이 노래에 담긴 선언 같은 메시지에 힘입어 다시금 가슴 한편에 품을 수 있었다.

우리는 살아가며 의도치 않더라도 많은 것들에 무릎 꿇게 된다. 좁게는 약속과 돈과 타인의 기대, 넓게는 시간과 공간 같은 것들 앞에 한없이 약해진다. 그 과정에서 마음에 담아뒀던 따뜻한 불과 영원한 꿈, 그리고 아름다운 영혼과 삶이 점차 옅어지고 끝내 파괴되는 것으로 귀결된다.

"내가 만든 집에서 모두 함께 노래를 합시다."

NO PAIN에서 가장 좋아하는 구절이다. 나의 오랜 바람을 단 한 줄의 문장으로 성취시켜 준. 무수한 복종과 강요에 지쳐 한없이 약해진 이들을 위한 공간. 내가 만든 집. 현실과 보편적인 삶을 뒤로하고도 실패나 절망을 겪지 않아도 되는 곳. 누구나 한 번쯤은 꿈꿔봤을 낙원이 아닌가.

아이러니하게도 고통을 피해 이 곡으로 숨어든 모든 이들을 연대하게 한 건 다름 아닌 '고통'이다. 그토록 증오했던 복종과 강요, 그에 따른 고통이 없었다면 이러한 낙원도 애초에 존재할 수 없는 것이다. 그렇다면 중요한 건 나를 옥죄는 부정을 무작정 피하는 게 아니라, 겸허히 받아들이고서 그에 걸맞은 나만의 집을 구출하려는 태도가 아닐까.

무수한 고통 속에서도 각자의 아픔을 딛고 일어설 수 있는 용기, 나와 닮은 표정으로 아픔을 견뎌내고 있는 이들을 사랑하는 마음, 고통과 공존하며 기꺼이 서로의 손을 잡아줄 수 있는 여유. 이것이 모두가 꿈꾸는 비현실적인 낙원보다 한층 더 나은 천국이 될 수 있지 않을까 생각해 본다.

이 곡이 전하려는 메시지는 고통을 완전히 지워내는 것이 아니라 고통과 공존하는 방식을 받아들이고 그러한 삶을 응원하겠다는 데 있는 것 같다. 이미 죽은 것과 다름없는 모습을 하는 이들, 그러니까 나와 같은 사람들에게 함께 살아 움직이는 세계를 만들어 보자 손을 내밀어 주는. 고통과 실패, 음악이 있고 바다 같은 색깔이 즐비하며, 울음과 두려움이 어우러진 인간적이고도 낭만적인 세상을.

이 곡을 만나기 전까지 나는 늘 숨는 사람이었다. 고통 앞에 들킨 도둑처럼 도망치기에 바빴다. 하지만 그 안에 담긴 의미를 이해한 뒤로는 조금 덜 피하는 사람이 됐다. 완전한 해방은 어렵더라도, 나의 고통을 어렴풋이 알아주는 고마운 이들과 함께 당당히 맞선다. 자주 무너지겠지만 가끔 일어서며 시절을 건넌다. 고통에 잠식되어 자신을 잃어버리는 이들보다, 부디 고통을 자각하고 스스로 딛고 일어서려는 이들이 더 많은 세상이 도래하기를 바라면서.

—실리카겔, 〈NO PAIN〉. 정식 허가 후 가사 일부 인용.

우
리
집
강
아
지

· · · . · · · .

우리 집 강아지 블루가 첫 생일을 맞았다. 처음 품에 안겨 집에 온 게 꼭 엊그제만 같은데, 벌써 계절을 전부 돌아 처음으로 돌아왔다.

내 몸 하나 건사하기에도 힘에 부치던 내가, 지난 일 년 동안 블루를 위한 일이라면 두 손 걷어붙이고 무엇이든 했다. 몇 달을 고작 서너 시간 자며 돌보았고, 좋아하던 술과 술자리를 끊다시피 했다. 집 밖으로 나가는 걸 누구보다 싫어하면서 하루를 거르지 않고 블루와 산책길에 나섰다. 지나친 낯가림 탓에 누구에게도 먼저 말 붙이는 법이 없었지만, 녀석에 관한 정보를 알아내기 위해서라면 발이 닳도록 발품을 팔았다. 블루가 아프면 내 탓인가 싶어 자책했고, 실수를 만회하고자 더 열심히 몸을 움직였다. 주변에서는 너무 과한 관심이지 싶다며 고개를 절레절레 흔들었다. 물론 나를 걱정해서 하는 말이겠지만, 나는 그저 내가 해낼 수 있는 최선을 블루에게 주고 싶은 마음뿐이었다.

블루는 내 마음을 전부 이해하기라도 한다는 듯, 항상 변함없는 애정을 보여줬다. 블루의 교육이나 건강이 마음처럼 되지 않아 꾸짖고 괜히 밀어낼 때도, 블루는 언제나 내게 닿기 위해 혼신을 다했다. 불러도, 부르지 않아도 매번 입을 크게 벌리고 혀를 길게 빼며 내게 왔다. 글이 잘 써지지 않아 골머리를 앓고 있을 때면, 어떻게 알았는지 슬금슬금 내 옆으로 와 가만히 앉거나 엎드렸다. 그건 결코 가벼운 사랑이 아니었다. 이 세상에서 오직 블루만이 내게 줄 수 있는 고유의 사랑이었다.

부끄럽지만 근 삼십 년을 살아오며 제대로 된 계절 한 번 만끽한 적 없었다. 봄이 오면 꽃이 피었겠거니, 여름이 오면 비가 쏟겠거니, 가을이 오면 단풍이 물들었겠거니, 겨울이 오면 많이 쌀쌀하겠거니 짐작하는 게 전부였다. 창밖으로 내다보고, 사진으로 구경하고, 누군가를 통해 희미하게 전해 듣는 것이 내가 계절을 경험하는 방법이었다. 하지만 블루가 우리 집에 온 뒤로 나는 사계절을 온몸으로 느꼈다. 느낄 수밖에 없었다. 대형견은 몸집이 큰 만큼 운동량을 채워줘야 한다는 강박이 나를 온갖 계절로 이끌었다. 봄에는 꽃을 질리도록 봤고, 여름에는 내리쬐는 뙤약볕을 곧이곧대로 받아냈으며, 가을에는 낙엽을 적어도 수만 개는 지르밟았고, 겨울에는 이곳 남쪽에서 보기 힘든 눈까지 맞으며 몇 시간을 걸었다. 지난했던 날들이었지만 건너오고 보니 다신 없을 행복이었다. 블루가 내게 준 건 사랑 하나가 아니었던 거다. 그러는 블루는 어땠을까. 앞으로 또 오랜 시간 나와 날마다 걷고 싶을 만큼 많이 행복했을까.

블루가 오래오래 건강했으면 좋겠다. 집을 지키는 은빛 고양이 베리와 티격태격하며, 살아 있는 모든 날을 건강히 보냈으면 좋겠다. 아픔 없이 항상 블루와 베리로 여기에 있었으면 좋겠다.

모쪼록 블루의 첫 생일을 마음 다해 축하해 주고 싶었다. 대체 이게 무슨 유난이냐 할지라도, 블루가 아주 많은 축복과 축하 속에 첫 생일을 보냈다고 영영 기억하기를 진심으로 바라고 있다.

네 번째 낙원

사랑이라는 머무름

Meet me in our paradise

봄에는 아끼는 안경을 써야지

. ˙ ˙ . ˙ ˙ .

봄이 몸의 가장 끄트머리부터
성큼 와서 닿는다

머리칼에 앉았다가 손끝을 간질이더니
툭, 툭 발에 향기롭게 챈다

아끼는 안경을 써야지
계절은 금방 어제의 일이 되어버리고 마니까

안녕,

너무 선명하여서

못 본 체할 수 없는

속수무책 봄 같은 그대야

우리 것의 여름

. · ' . · ' .

사랑은 무작정 따르고 싶은 마음이다.

따라 하고 싶은 마음.

너무 좋아해서 그것이 되고 싶다.

그의 취향과 버릇,

나아가 삶 전체마저 흉내 내고 싶다.

배우고자 애쓰지 않아도 모두 사랑이 대신한다.

흡수하고 똑같이 해내는 모든 과정과 결과에

사랑이 지독히도 관여한다.

걸음마다 새날이, 첫 경험이 펼쳐진다.
나는 네게로 걸었을 뿐인데 아주 다른 삶을 살아.

사랑이 나를 여러 개로 만든다.
빛처럼.
빛의 산란처럼 수만 가지 색으로 뻗어가게 한다.

이 여름에 나는 너를 따라
쨍한 초록으로, 탁한 녹색으로,
하늘 같은 하늘색으로,
조금 멀리의 넓은 바다색으로 살아.

우리가 만든 여름.
우리가 꼼꼼히 칠한 여름.

너를 너무 좋아해서
나는 전부 따라 하다 그만
여름이 되어버려.
전부 우리 것의 여름.

당신만 생각하고 있어요

. · . · . · ' . · ' .

쉬이 변하지 않는 마음으로 영영 당신을 사랑하겠습니다. 사랑만으로는 어느 것 하나 완벽히 해낼 수 없다지만, 사랑이어서 기꺼이 견딜 수 있는 세상이지 않은가요. 낭떠러지 아래로 온몸 내던져지는 것 같을 때도, 재빠른 사랑이 물심양면으로 수차례의 도약을 돕습니다. 그렇게 언제나 치밀하고 구체적으로 당신을 사랑하겠습니다. 사랑 없이는 절대로 해낼 수 없는 일과 마주했을 때, 내가 당신의 분명한 필요가 될게요. 많은 것 바라지 않는 홀가분한 마음으로, '그래서' 하는 사랑 말고 '그럼에도 불구하고' 하는 사랑으로.

설령 사랑한다는 말이 모두 사라져 버린 세상이 도래한 대도 꾸역꾸역 대신할 말과 마음 찾아와서 전부 당신에게 줄게요. 명치가 아릴 만큼 좋아한다고, 당신 정말 귀엽다고, 맛있는 거 사주고 싶다고 말할게요. 가을입니다. 내가 자주 머무는 창가 아래로 당신이 바삭하게 내리쬐고 있습니다. 이마저도 사랑의 증거로 보일 정도로, 나는 매사에 당신만 생각하고 있어요.

방학 숙제
이들에게 내려진
사랑에 빠진

. . · . . · . .

우린 다 계획에 없던 사랑을 하고 예상치 못한 질량의 사랑을 쏟아붓게 되지. 그건 참 당혹스러운 일이라서 몸과 마음이 좀처럼 제구실을 해낼 수 없게 된다. 두렵고, 불편하고, 내 것 같지 않고, 나을 수 없는 병이라도 앓게 된 듯 아린. 그럼에도 불구하고 사랑은 기꺼이 마주하게 되는 것. 패배하지 않고도 금세 함락되는 것. 혹 지더라도 웃음만 나는 것. 이 감정의 구실을 찾으려 백날 애써도 끝내 사랑이란 단어 하나로 점철되고 마는 것.

사랑은 누구에게나 까닭 없이 찾아온다. 준비되지 않아도, 가꿀 여유가 부족해도, 설령 한 번도 사랑을 원한 적 없다 해도. 반면에 일단 싹이 튼 사랑을 꽃피우고 알알이 결실을 보게끔 하는 것은 온전히 두 사람의 노력이 필요하다. 이미 존재한 사랑이 저절로 자생하는 일은 가능치 않으니까. 그간의 이기적이었던 삶은 모두 버리고 내가 택한 사람의 안녕을 위해 부단히 애써야 한다. 그제야 비로소 수확할 만한 형태로 주렁주렁 열리는 것이 사랑이다.

　기쁨을 주기보다 슬픔 주지 않기. 늘 예쁜 말 건네주기. 서로의 다름을 이해하고 존중하기. 잔잔한 대화 즐겨하기. 무엇이든 표현하고 제때 알아주기. 모든 힘듦 함께 이겨내기. 서로의 존재에 무한히 감사하기. 다툰대도 여전히 사랑임을 잊지 않기. 더 나은 사람이 될 수 있게 도와주기. 서로의 걸음과 꿈을 내 것처럼 믿어주기. 사랑해, 보고 싶어, 고마워, 네 덕이야, 라는 말 아끼지 않기. 서로가 서로에게 선물 같은 사람임을 기억하기. 해맑은 아이처럼, 마냥 뛰놀던 시절처럼 철없게 사랑하고 또 사랑하기.

　그러니 이건 모두 사랑에 빠진 이들에게 예외 없이 내려지는 방학 숙제. 계절에 구애받지 않는. 어찌해도 사랑은 양질의 쉼이 되는 거니까. 어떤 쉼도, 어떤 쾌락도 그냥 주어지는 법 없지 않나.

수차례 강산이 변하는 동안 세상에는 셀 수 없을 만큼 많은 사랑이 탄생하고 또 멸망에 이르렀다. 모든 탄생은 인간이 손 한번 쓸 수 없었어도, 모든 멸망에는 그들의 의지가 빠짐없었다는 것이 내게는 아이러니로 남아 있다. 사랑의 생사를 결정짓는 위치에 서 있다는 것은 늘 부담스럽지만, 매사 이 사랑의 빛을 발하게 할 수 있는 것 또한 나와 당신뿐이라는 사실은 더할 나위 없이 매력적이다.

사랑은 당신을 존중하고, 배려하고, 이해하다 끝내 영원처럼 사랑하는 것. 기계처럼 입력하고 외운대도 사랑 앞이니만큼 낭만적이지 않을 수 없는 사실.

기쁨을 주기보다 슬픔 주지 않기.
늘 예쁜 말 건네주기.
서로의 다름을 이해하고 존중하기.
잔잔한 대화 즐겨하기.
무엇이든 표현하고 제때 알아주기.
모든 힘듦 함께 이겨내기.
서로의 존재에 무한히 감사하기.

짝꿍처럼

. . · ˙ · . ·.

너랑 하는 사랑이라면 내 삶이 마음껏 비효율적으로 흘러가더라도 좋다. 얼굴 한번 보겠다는 일념으로 하루의 반절을 네게 가는 데에 쓰는 일도, 할 일을 모조리 뒤로 미뤄두고 진종일 네 생각에만 심혈을 기울이는 일도, 별이며 달이며 하는 것들 따다 주겠다며 허공에다 손을 휘휘 저어대는 일도 전부. 누군가에게는 괜한 수고가 되는 일들도, 이 사랑 앞에서는 온통 그럴싸한 쓸모를 갖는다.

어떤 밤에는 길을 걷다 우두커니 멈춰 서서 네 이름을 오물거렸다. 도무지 단물이 빠지지 않는 발음이었다. 위태롭던 마음도 이제는 배가 부른 듯 까무룩 잠에 들었다.

너를 사랑하고서 나는 하루도 슬퍼해 본 적이 없다. 너와 다툼이 있고 난 뒤에 터트린 울음도, 베개에 얼굴을 파묻으며 품은 미움도 사실은 모두 사랑이었다. 무언가 잘 풀리지 않아 삶이 송두리째 흔들릴 때도, 너의 개구진 웃음과 깜찍한 춤 한 번이면 힘듦은 고작 사소한 일이 되어버리고는 했다.

사랑이라는 건 참 위대하네. 네가 예상치 못한 마음으로 나를 어루만질 때면 늘 작게 읊조리는 말. 나는 앞으로도 쭉 이 사랑 앞에 최선을 다해서 비효율적이고 싶다. 늘 한가한 사람으로, 네가 찾으면 곧장 놀 준비를 마치는 사람으로 있고 싶다. 장난스러워도 절대 가볍지 않은 마음으로. 여리고 유하지만 쉽게 찢어지지 않는 사랑으로. 너의 옆에 짝꿍처럼.

아름다운 것
만져지지 않아도

. . . .

나와 나태하게 살며 사랑하자.

알콩달콩 손깍지 끼고 먼 길인들 천천히 걷자. 끝내 환히 도착할 것이라 굳게 믿으면서. 너를 사랑하고부터 노상 춥던 내 마음에 몇 번의 오월이 푸르게 다녀갔는지 전부 헤아릴 수가 없다.

빵처럼 부푼 사랑에 내가 지레 겁부터 먹을 때 너는 그것을 결대로 찢어 내 입에 슬쩍 넣어주었지. 허기지던 몸과 마음이 단숨에 무성해졌다. 빈틈없는 숲처럼 고요가 평화가 왔어. 노루와 토끼가 뛰놀고 산새들 훨훨 나는 곳인 듯. 덕분에 우리의 웃음이 도드라진다. 네가 웃으니 내가 웃는다. 사랑은 쉼 없이 깔깔거리며 웃게 되는 것. 적절히 내려 참 좋은 비처럼 약간 눅눅해지는 것. 함께 누워 저 하늘 구름의 맛을 가늠하는 것. 서로의 말도 안 되는 말을 마음 다해 경청하는 일. 그러는 나는 네 입에서 뱉어져 나온 것이라면 그게 한낱 숨뿐이라도 허투루 듣지 않을게. 너를 떠올리면 세상이 마냥 좋아져 나는 조금 천천히 가고 싶어진다. 더 늦게 죽고 싶어진다.

그러니까 나와 나태하게 살자. 삶에 게을리 임하자. 사랑하는 것 말고는 특별히 애쓰지 말고 느리게 가자. 하고 말하는 내 입에 네 눈빛이 닿는다. 나는 그게 꼭 금빛 같아서 훔치려는 속셈으로 한참을 들여다봤다. 해 질 녘 같아서, 별들 같아서, 꿈 같아서 양손 뻗어 한가득 껴안았다. 만져지지 않아도 그게 아름답다는 것을 알고 있다.

초록은 어디까지 번지지

너무 무수한 것들을 생각한다
여름날에 모여 살기로 작정한 사랑 같은

땀방울이 길 위로 떨어지는 소리
그것과 겹치지 않도록 조심히 내딛는 걸음

기묘한 리듬

전부 다른 초록을 정성 들여 눈에 담던 날,
수천의 다정한 생명이 동시에 나를 더듬고 껴안던 날

마음이 그렇게나 흐느끼는데
눈물은 아주 조금만 나왔던 것 같다

여름과 놀라운 밤과 출렁이는 물가에
너무 기쁘고 사랑해서 울던 내가 있고

그로부터 지금껏 나는 틈만 나면 네 이름을 흥얼거린다

내가 주는 사랑이 네가 받는 사랑 중
가장 명료하기를 바라고

너는 나를
조금만 울게 한 기쁨

여름이 줄기차게 쏟았다
흠뻑 젖어도 무겁지 않은 날이었다

너를 향한 고공비행

. . · . · . .

너를 보러 날아서 왔다

날갯죽지에 비도 눈도 아닌 것을 잔뜩 묻히고
따분해 견딜 수 없는 건 겨울뿐이라고

턱까지 차오른 숨을 훅훅 뱉었다
푸릇하고 흰 알맹이 유월에야 돋거나 피는 것들

여기는 네가 춤과 노래처럼 웃는 곳
내가 툭하면 엎질러졌던

길을 잃지 않았음에 안도하는 나를 너는
뿌리 내려 단단하게 껴안았다
온몸에 뒤집어쓴 여름

영혼을 가지런히 벗어
풀숲에 심는다

이제 나는 어디에도 없고 넌 아는 이곳에만 있다 매년
이맘때 이토록 착한 지상에서 만나자 나는 몇 번이고 날아
오를 수 있다 내가 사랑하는 여름이자 너를 보러

열백 번도 더 춥고 헐떡일 수 있다

아무렴 어때요

. . . . . .

사랑은 모든 것을 가능케 한다. 현실과 타협하지 않아도 온전히 보존되는 거의 유일한 감정. 네가 나를 사랑하고 내가 너를 사랑하면 그것으로 된 것이다.

과장된 당신의 모습도 결코 나쁘게 보이지 않고, 외려 완벽하지 않아 기뻐하는 마음. 새로운 모습이 아니더라도 매번 새롭게 여기는 것. 자칫 바보처럼 보일 수 있는 이 태도는, 어쩌면 옳은 사랑의 가장 기본이 되는 자세가 아닐지 생각해 본다.

우리는 누구나 일생에 한 번쯤 이런 사랑에 온몸 담그기를 꿈꾼다. 무엇도 아닌 정말이지 '사랑' 하나로 모든 것이 허락되는 경험. 과한 치장을 하지 않고 애써 뽐내지 않아도 내가 아주 아름다워지는 순간. 그런 사랑.

하지만 사랑을 주고받는 과정에는 늘 불필요한 욕심이 뒤따르고, 대개 많은 연인이 그것에서 오는 의견 차를 좁히지 못해 끝끝내 갈라서게 되는 경우가 잦다. 안타깝게도 '아무것도 필요치 않은 것이 옳은 사랑'이라는 말이 그 사랑을 이룩하기 위해 상대방을 바꾸려 들게 하는 좋은 구실이 된다.

중요한 건 변화를 필요로 하지 않고 불완전하더라도 기뻐하는 마음이다. 우리의 사랑을 옳은 방향으로 인도하기 위해 너무 많은 것을 고치려 할 필요는 없다는 말이다. 사랑을 옳게 만드는 게 아니라, 그저 이 사랑이 옳다 여기는 것. 우리가 나누는 사랑을 무조건 믿어주는 것.

혹 내 사랑이 틀렸을까 지레 겁먹지 않아도 괜찮다. 사랑으로 이어진 관계는 간혹 나를 배신하기도 하지만, 하나의 사랑에 온 마음을 다했던 내 진심은 결코 나를 등지지 않는다. 어떠한 형태의 사랑이든 그것에 진지하게 임했다면, 인생을 바꿔버릴 만큼 가장 귀한 것을 내 것으로 둔 것과 다름없을 테니까.

　내게도 이처럼 사랑이 전부인 듯 삶을 온전히 나눠 가진 사람이 있다. 그녀와 내가 꼭 환상의 팀 같다는 생각을 한다. 연습하지 않아도 죽이 척척 맞는 것을 보면 기쁨이 이루 말할 수 없을 정도다. 이따금 얼굴을 붉히며 서로의 고집을 앞세울 때도 있지만 아무렴 어떠한가, 네가 나를 사랑하고 내가 너를 사랑한다는데.

빙하기가 찾아와도

. · ·. . ·. ·.

어떤 상황에서든 운명을 맹신하는 경향이 있다. 사랑에 있어서는 더욱이. 우리가 만나기까지의 모든 과정에 의미를 부여하고 그 의미들의 집합을 현재에 처한 사랑이라 여긴다. 논리와 이론이 필요치 않고, 마술이라기보다는 마법에 가까운 것.

누군가와 사랑을 나누고 있다 해서 이 사랑의 건재함과 영원을 함부로 장담할 수는 없다. 사랑이라고 다 같은 사랑이 아니기도 하거니와 언제 어디서 어떻게 변해버려도 전혀 이상할 것이 없는 것이 사람의 마음이니까. 누구에게나 자신의 사랑에 확신을 두지 못한 경험이 있지 않나.

하지만 운명을 잔뜩 곁들인 사랑에는 흔하디흔한 냉소도, 사랑 앞에서의 불안과 나약함을 거짓처럼 숨기려는 태도도 힘을 잃는다. 믿음을 가진 운명은 나의 사랑과 함께 손잡고 모든 부정과 맞서 싸운다. 서로가 서로의 푸른 우울과 슬픔에 한 움큼의 온기가 되게끔 한다. 자칫 날것으로 보여 괴짜 취급을 받을 수도 있지만, 본디 사랑은 벌거벗었을 때 찬란할 수 있다는 것을 나는 알고 있다. 우리 사이에 숨기는 것 하나 없을 때 가장 진심으로 울고 웃을 수 있는 것처럼.

최선을 다해 가벼워지고 또 여분의 마음을 남기지 않는 사랑이 좋다. 너무 힘주어 깊숙이 들어가는 것보다, 나는 듯 곁을 빙빙 맴도는 사랑이 좋다. 그런 귀한 가벼움에 온갖 마음을 쏟아붓는 사랑이 좋다. 가벼운 사랑. 가볍지만 진한 사랑. 가벼울수록 더 멀리 더 높이 가는 것은 당연한 이치일 테다.

지금 내게는 내가 맹신하는, 사랑을 주축에 두고서 오래도록 같이 살고 싶은 사람이 있다. 우스갯소리로 혹 빙하기가 찾아오더라도 최후의 최후까지 손끝에서 손끝으로 그 사람에게 사랑을 건네고 싶다. 언제든지 창궐한 냉기를 녹일 수 있다는 믿음이 있는 사랑은 무엇보다 근사하고 강력하니까.

너만한 아름다움

. . . .

우리는 잘 익은 사랑을 매 철 사이좋게 베어 물자. 석양으로 코팅된 듯 다디단 그것을 천천히 음미하자. 밝고 붉게. 사랑을 해도 울 필요 없는 꿈을 꾼 사람들처럼. 뜬구름 잡는 이야기들 앞에 이미 구름을 손에 쥐고 웃는 여유처럼. 능숙하게.

내가 너를 웃게 하면 너는 멀리까지 가는 콧노래를 부르지. 내가 그것 위에 올라타 얼마나 신비한 여행을 만끽하는지 너는 모른다. 깔깔거리는 음절마다 심장이 커진다. 타고난 외로움에 맞설 전에 없던 기운이 생긴다.

하루는 길 건너부터 작은 손 흔들며 걸어오는 너를 보

는데, 온 살갗을 냉각하며 위상 떨치던 겨울 칼바람이 패전한 장수의 걸음처럼 터덜터덜 힘없이 나를 비껴갔다. 틈을 비집고 순식간에 가득해진 과일 내음. 말한 적 없지만 네게서는 딸기향이 난다. 네가 함빡 웃고, 나는 입 안 가득 유월 딸기를 머금은 사람이 된다. 오물거림은 나의 기쁜 저항. 과육처럼 새어 나오는 실실거림. 너무 아름다운 사랑.

아름다운 사랑은 다 알고도 안아주는 것. 서로의 행복을 소원처럼 바라는 것. 으깨진 별을 핥아도 피가 아닌 빛만 나는 것. 이를테면 네가 내게 해준 모든 것.

네가 먼저 잘 익은 우리 사랑을 의심 없이 깨문다. 그 모습이 작은 고양이처럼 여리고 예뻐서, 청춘처럼 아쉽고 예뻐서, 나는 가만히 선 채로 들썩이며 운다. 정말이지 너만 한 아름다움이 세상에 없다.

비
밀
언
덕

. · ˙ · ˙ · ˙ .

나는 네가 왜 이렇게 웃기고 좋은 건지 몰라.

너는 나를 전부 새까맣게 까먹은 사람으로 만들어. 내게 있던 아픔, 우울, 원망, 슬픔 따위의 것들이 완벽히 소실되었다 착각하게 해. 숨이 넘어갈 만큼의 울음으로 덕지덕지 칠해진 날에도, 너는 온갖 우스운 이야기들로 내 기분을 한껏 드높이잖아. 숨이 넘어갈 엄두조차 낼 수 없을 아득한 곳까지. 둥둥 뜬 나는 저 아래의 퀴퀴한 세상을 아주 멀리할 수도 있으리란 희망을 가까이에 품어.

너는 다 큰 나를 보살펴야 하는 아이로 만들기도 해. 혼자 힘으로는 아무것 할 수 없는 사람인 척하게 하잖아.

여러 겹의 베일에 싸인 양 꼭꼭 숨어 살던 나를 벌컥 열어 젖혀. 비밀 따위 없는 어린아이의 순수로 너를 대하게 해. 지저분한 과거도, 얽매인 열등감도, 타고난 이기심도 모두 고백하게 만들어. 어깨를 펴고 고개를 꼿꼿이 세워야 한다는 강박을 단숨에 녹여버리지. 모두에게 지고서 헐거워진 채 냉큼 달려가면, 너는 매번 나를 승리한 사람인 듯 큰 품으로 반겨주잖아. 그 환대에 나는 또 천진난만한 얼굴로 무슨 일이든 벌일 수 있는 사람처럼 으스대는 거야.

내 마음이 언제든 되돌아갈 수 있는 곳. 정착한다 해도 무방한 마을. 편안함이 찰랑이다 못해 범람해 버리는 곳. 탁월한 치유의 못. 어린 시절 하나쯤은 갖고 있던 비밀의 언덕. 이는 내 나름 고심해 지어본 네 존재의 이름들. 너는 늘 내 삶의 날카로운 모서리를 맨손으로 문지르며, 다 이해한다, 다 지나간다, 다 괜찮다 나직이 말해주잖아. 마치 고향 마을의 사람들과 거리들 그리고 자주 가던 단골 식당처럼 서글서글한 얼굴로.

사람은 누구나 속으로 저마다의 비명을 지른다지만, 너는 꼭 그런 소란 하나 없는 삶을 끝끝내 이룩해 낸 사람 같아. 물론 그 속에 얼마큼의 고통을 기르며 사는지는 누구도 짐작할 수조차 없겠지만. 어쩐지 내내 마음이 쓰이는 거야. 그러는 나는 헌신뿐인 너를 위해 과연 무엇을 할 수 있을까. 무엇을 해내야 마땅한가.

네가 내게 해준 것과 마찬가지로 내내 웃겨줄게. 우울해도 되고, 슬퍼해도 되고, 고꾸라져 피 흘려도 된다 말해줄게. 제때 털어놓지 못해 도리어 병이 되려는 귀한 비밀도 전부 귀담아들어 줄게. 울 것 같은 얼굴이라도, 미움 탓에 일그러진 얼굴이라도 빠짐없이 반겨줄게. 네 위로 어떤 눅눅함이 왕창 쏟아져 퍽 우스운 꼴이 된대도 아무렴 괜찮아. 젖은 몸인들 아유 예뻐라, 하며 가득 안아 품어줄게. 도처에 흐드러진 사랑을 몰래 꺾어 모두 네게만 줄게. 주변이 온통 가시덤불이라면 그사이에 아늑한 집이라도 지어줄게. 말하지 않아도 무엇이든 내가 알아채 줄게. 자그마한 나를 쉼 없이 보듬느라 조금씩 투영됐을 가냘픔까지 좋아할게. 그러니까 우리 자주 웃고 가끔 울자. 여태 잘해왔듯 서로의 가장 웃기고 좋은 사람이 되자.

습
작

. ˙ . ˙ . ˙ .

　사랑에 연습이 있다는 말이 과연 가당키나 한 걸까. 우습게도 우리는 살아가며 하는 대부분의 사랑에 실패한다. 그리고 실패에서 얻은 교훈을 입맛대로 흡수해 더 나은 사랑을 꿈꾸고 또 이룩해낸다. 부족하고 엉성했기에 마음처럼 빚어내지 못했던 사랑. 일그러지고 뜯어졌지만 바로잡을 시도조차 않았고 그럴 엄두도 내지 못했던. 철없음을 핑계삼아 미룰 대로 미뤄 봐도 끝끝내 쨍한 폭발음을 내며 터져버릴 미안함이 어떤 옛사랑에는 출렁이듯 있다.

　완벽한 과거는 없다. 그 속에 든 사랑은 더 말할 것도 없을 만큼 제멋대로인 얼굴로 남아 있다. 왜 후회는 항상 더는 돌이킬 수 없을 만큼 먼 길을 걸어왔을 때야 우러나는 걸까. 지금의 마음가짐으로 그 시절을 살 수 있다면, 그 사랑을 도맡아 가꿀 수 있다면, 하는 아쉬움 섞인 상상은 차라리 먼 미래에 깃든 환상에 가깝다. 아무리 매 사랑에 최선으로 임한다 한들, 그것이 실패한다면 결국 성장한 내가 새로이 틔워낼 사랑의 연습이 되는 것이다. 이렇듯 사랑에도 습작이 분명 있다.

연인 간 이별의 이유 중 가장 큰 비중을 차지하는 건 아마도 이해의 부재가 아닐까. 인간은 타인이 처한 상황과 그 안에서 겪고 있을 중압감과 좌절을 선명히 알지 못한다. 막중한 책임감을 갖고서 연인의 삶 전반을 이해하려 애쓰지 않는다면, 사랑은 뿌리 내릴 곳 몰라 안절부절못하는 나무와도 같다. 상대방의 마음속을 마음대로 드나들 수 있는 마법을 부리는 게 아니라면, 안주하지 않고 끊임없이 이해하고 배려하고자 애써야만 멎지 않는 것이 사랑이다.

질타받아 마땅한 잘못이나 너무 큰 미움 없이 끝나버린 사랑은, 몸과 마음이 훌쩍 커버린 뒤에야 이별의 이유를 알게 되는 일이 허다하다. 문득 지금 내가 느끼고 있는 이 고통이 그 시절의 연인이 남몰래 느꼈을 고통임을 확신하게 되는 순간이 있다.

기억은 대개 일방적이다. 그 탓에 과거의 연인이 느꼈을 고통을 자각하고 들이치는 미안함을 목격한 이상, 더는 그 사랑의 기억이 바래지도록 두고 보는 법이 없다. 마음껏 애 틋하게, 가끔은 필요 이상의 커다란 그리움으로 그 사람과 시절을 떠올린다. 그래서 꽤 오랜 시간이 지난 옛사랑이 마 냥 아름답고 희뿌연 것이 아닐는지.

어차피 다시는 닿지 않을 마음이라면 왜곡된 기억을 썼 다 지우기를 반복하며 곱씹는 것은 결코 잘못이 아닐 것이 다. 더는 내가 그 사람에게 영향을 미치지 못할 만큼 많은 날이 지났으니까. 누군가에게 피해 주지 않고 온전히 나를 위하는 일이라는 점에서 어쩌면 옳을지도 모르는 일이다. 찬란했든 참담했든 그 기억의 생사는 이제 나의 관장하에 있으니.

날이 지날수록 무수히 쌓이는 기억에 밀려버리고야 말 사랑. 이제는 무어라 말하기도 그런. 퇴보하든 발전하든 우 리는 어쩔 수 없이 누군가와 엮이고 관계하며 나이 들 것이 다. 과정에서 또 몇 차례의 습작 같은 사랑이 휙 날아들 것 이며, 그에 마음은 갈피를 잡지 못하고 사정없이 휘둘릴 것이다. 사랑은 언제나 이전보다는 수월하고 다음보다는 한없이 서투르기 마련이니까.

앞으로도 사랑은 거리에서, 카페에서, 식당에서, 낯익은 여행지에서 많은 이들의 불완전한 기억을 침략할 것이고, 그럴 때마다 우리는 방금 막 혼난 사람처럼 주눅 들게 될 것이다.

찬란한 폭설

. ᐧ ᐧ ᐧ . ᐧ ᐧ ᐧ .

너는 사랑이 무엇인지 확실하게 알게 해준 사람. 나에게 사랑은 늘 내 마음대로 되지 않는 것이었고, 옳고 그름을 도무지 판가름할 수 없는 무형의 어떤 것이었지. 그리고 매번 이유가 뒤따르는 것. 외로워서, 삶이 지독해서, 간절하지 않았지만, 어쩌다 보니.

하지만 너는 나에게 아주 특별한 사람. 자질구레 붙은 조건 하나 없이 사랑하기 때문에 사랑하는 사람. 네 덕에 나는 완전히 새로운 사람이 됐고, 사랑이 무엇인지 확실하게 알게 됐다. 사랑이 선명히 보이다 못해 이제는 만져지기까지 한다. 거친 단면 하나 없이 뭉클하고 온온한 것. 이제는 떳떳이 내뱉을 수 있는 환호 하나가 내게 있지.

아, 이게 사랑이구나!

너와 사랑으로 엮일 수 있어 나는 매사에 감사할 줄 아는 사람. 나와 사랑으로 엮였기에 너는 오래 지켜보고 싶은 사람. 지켜보다 지켜보다 더욱 사랑하고 싶은. 마침내 사랑을 옳다 여기게 된 나는 최선보다 더 열심히 이 사랑에 온 몸을 조아리고 싶다.

우리는 폭설마저 따뜻하게 쏟는 겨울의 어느 성벽 위에서 덩굴처럼 서로를 껴안는 사람.

관
계
와
권
태

. . · . · . ·.

권태란 무엇일까. 단순히 번성하던 마음의 몰락을 뜻하는 것만은 아닐 것이다. 두 사람이 서로에 대한 애정을 확인하고 시작되는 사랑. 그리고 영원할 것처럼 지속되는 촘촘한 시간. 하지만 세상만사 만물이 다 그러하듯 쉼 없던 마음에도 휴식이 필요하다. 순탄한 사랑을 가로막는 권태는 곧 마음의 쉼이다. 시간을 두고 지켜보면 분명 다시금 활개 치고 마는. 사랑의 허무한 종말이 아니라.

그러니 권태는 결코 둘 중 어느 하나의 잘못이 아니다. 굳이 잘잘못을 따져야 하겠다면, 과감히 쏟아부은 서로의 열과 성이나 멋모르고 몸집을 키워낸 둘 사이의 사랑에 탓

을 돌릴 수 있을 것이다. 그만큼이나 어쩔 수 없는 것. 타인
과의 만남에서 필연적으로 직면하게 되는 불안. 그것이 무
의식과 합세해 잉태하는 관계의 불완전함. 그 이상도 이하
도 아닌. 권태란 고작 그뿐이다.

　권태를 보란 듯이 이겨내기 위해서는 서로에 대한 관찰
과 적당한 노력이 필요하다. 잊지 않고 손을 잡아야 하고,
끊임없이 눈을 맞춰야 한다. 어찌해도 조화를 유지해야 하
며 오가는 애착이 식도록 가만히 두고 보지 않음으로써 우
리는 여전히 우리임을 인지해야 한다는 말이다. 깊은 바다
에 빠져버리지 않도록.

　이 바다는 불안과 불확실함 그리고 이별의 표상이다.
한번 손을 놓쳐 빠져버리게 되면 온갖 파도와 해류에 휩쓸
려 다시는 호흡할 수 없는 깊숙한 곳까지 가라앉게 된다.
한번 숨을 잃은 사랑은 결코 찾을 수 없고 누구도 찾으려
하지 않는, 바다의 사소한 일부로 전락해 버리고 만다.

　하지만 앞서 말했듯 손을 꼭 잡고 눈을 맞춘 채 서로에
게 의존하며 맞닥뜨린 권태에 맞선다면, 이는 관계를 한층
깊어지게 하는 디딤돌이 된다. 무럭무럭 자라기 위해 겪어
야만 하는 일종의 성장통 같은. 익숙함에 속지 않고 소중

함을 보다 선명히 바라봐야 한다. 그러면 두려움의 대상으로 놓여 있던 바다가 어느새 감탄을 자아내는 장관으로 눈앞에 펼쳐질 것이다.

이겨낸 아픔은 모두 우러러볼 역사가 되어 또다시 흔들릴 순간을 지나오는 데에 길이 되어준다. 금세 더 나은 장면을 피워 내리라 확신할 수 있는 위기는 더 이상 위기가 아니지 않나. 돈독해질 대로 돈독해진 사랑은 어떤 외압에도 굳건히 버텨낼 힘을 가진다. 둘만의 비법 또는 비밀이 되어 서로를 티 나지 않게 지켜줄 것이다.

인간관계는 창밖으로 멋지게 쏟는 장대비와 같다. 집 안에서 편안한 차림으로 내다볼 때는 그저 음미하기 좋은 낭만이지만, 바깥으로 나서는 순간 이겨내고 헤쳐 가야 하는 악천후가 된다. 관계 또한 시간의 흐름에 따라 가만히 지켜보기만 해서는 꿈꾸고 이룩하고자 하는 이상에 도달할 수 없다. 몸과 마음으로 부딪혀 이겨내고 헤쳐 가고자 하는 노력과 그에 따른 실천이 필요하다.

불확실한 관계에 놓여 애태우고 있는 연인들에게 이 글이 탈출구가 되었으면 좋겠다. 희미하게나마 빛을 뿜어내는. 그리고 애를 태우기보다 애를 쓰는 데에 시간을 들였으면 좋겠다. 본디 사랑은 주저하기보다 먼저 발을 구르는 마음의 편을 들어주기 마련이니까. 부디 그 모습 그대로 근사한 사랑이 되기를.

당신에게 집이란 어떤 의미를 지녔나. 지친 하루 끝에 마지막 걸음을 철썩 두어야 하는 곳. 내가 가장 나다울 수 있고, 가만히 멈춰 있어도 결코 혼날 일 없는. 그럼에도 가장 어렵거나 무겁고 슬픈 꿈처럼 완전히 친해질 수 없는 공간.

생각해 보면 집은 늘 나를 벌거벗겼다. 살굿빛이 아니더라도 밤이면 필히 온몸을 웅크려야만 했다. 사방에서 그러모은 후회나 고통 따위를 다발로 묶어 침대맡에 작품처럼 전시했다. 나 자신이 아니고서야 억만금을 불쑥 내민들 절대 관람할 수 없는. 가장 나다울 수 있는 공간이었기에 나답지 못한 곳에서의 거짓말 같았던 말과 행동을 고스란히 주워 담아야 했다. 나다운 내가 나답지 못했던 나에게 내리는 형벌이었다.

우리는 누구나 어떠한 과거를 후회한다. 깔끔하게 맺지 못한 채로 시간에 쓸려간 과거는 그 뿌리가 영영 내게 있다. 이따금 내 속에서부터 터져 나오는 울음을 수분 삼아 끈질기게 연명한다. 미안하다 말해볼걸, 좀 더 대화해 볼걸, 아니 그러지 말 걸 한탄하며 베개에 얼굴을 묻고 잠들면 비로소 시커먼 꽃봉오리를 틔운다. 나의 집, 그리고 나의 방 천장과 벽면에는 항상 검은 꽃잎이 내뱉은 한숨과 묻어나온 후회의 개수만큼 덕지덕지 말라붙어 있다.

한 번도 내 편인 적이 없던 공간과 기분에 압도되고 싶지 않아 억지로 바깥을 전전하며 살던 때가 있었다. 하루가 멀다 하며 술판을 벌이고, 친구 집 이곳저곳을 옮겨 다니며 숙식을 해결했다. 혼자 내버려지는 시간의 최소화는 당장에 불쾌함과 공허함으로부터의 도피에 과연 효과적이었다. 좋았다. 집으로 돌아가지 않고도 소속감이나 안락함의 부재를 느끼지 않을 수 있어 좋았고, 이대로라면 내게 남은 후회가 머지않아 모두 덜어지리라는 확신 같은 착각이 들어 좋았다. 간혹 위태로웠지만 어딘가 모르게 치유 받고 있다는 느낌이 들었다.

딱 거기까지였다. 집으로 돌아가고자 하는 욕구는 거스를 수 없는 본능이었다. 그토록 경멸하던 과거에 대한 후회도, 방 한편에 전시된 슬픔도, 천장과 벽면에 말라붙은 검은 꽃잎도 모두 다시 마주해야 살 수 있을 것 같았다. 아이러니하게도 나를 죽일 것처럼 괴롭히던 것들이 초췌해진 나를 다시금 살릴 수 있는 유일한 방도였다. 가장 나다울 수 있는 곳. 광대처럼 웃거나 춤추지 않아도, 귀에 들어오지도 않는 타인의 푸념을 애써 소화하지 않아도 되는 곳. 어찌해도 내가 있어야 할 곳은 결국 나의 집이었다.

세상의 모든 편안함이 잉태하는 슬픔에 대해 생각한다. 몸과 마음의 안식을 위한 쉼은 언제나 종국에 가 온갖 부정적인 생각들로 귀결된다. 대부분의 인간은 부정적인 감정을 긍정적인 감정으로 뒤바꾸기 위해 부단히 애쓴다. 갑작스레 드리운 슬픔이나 후회 따위의 감정을 불청객이 아닌 생존의 수단으로 삼는다. 혼자 있는 시간에만 마주할 수 있는 내면의 솔직함. 고개를 길게 빼 그것을 자세히 들여다보고, 세상에서 나 자신을 가장 잘 아는 사람이 되고자 하는 노력. 이렇듯 집은 여러 양상의 감정들과의 장을 열어, 우리들로 하여금 삶의 무궁한 발전을 이룩하게 한다. 단순히 몸을 누이고 잠을 청하며 끼니를 해결하는 곳이 아니다.

어느 노래의 제목처럼 이제 나에게 집은 발 딛기 꺼려지는 곳이 아니다.

'Home Sweet Home'

하루를 끝내고 차가운 현관문을 열면 엉덩이를 들썩이며 나를 반겨주는 강아지가 있고, 기지개를 시원하게 켜며 나를 올려다보는 고양이가 있고, 보고 싶었다 나직이 말하며 나를 세게 안아주는 사랑하는 나의 아내가 있다. 이들의 다정한 호위가 있기에 나는 이제 늘 이기는 사람일 수 있다. 사랑은 늘 이긴다는 말도 있으니까. 어떤 슬픔이 와도 금방 기쁨으로 돌려놓을 자신이 있다. 언제 어디서든 집을 생각하면 몹시 애틋해 눈물이 날 지경이다. 매일 보고 싶고, 매일 만지고 싶고, 매일 안고 싶은 이들이 모두 나의 집에 달콤한 모습으로 있다.

가장 나다울 수 있는 곳.
광대처럼 웃거나 춤추지 않아도,
귀에 들어오지도 않는 타인의 푸념을
애써 소화하지 않아도 되는 곳.
어찌해도 내가 있어야 할 곳은
결국 나의 집이었다.

. . . .

산책은 여행

. · ' · . · ' · .

아내 덕에 산책이 꼭 여행 같다. 반려견 블루와 매일 나가는 공원도 아내가 동행하면 낯선 타지가 된다. 불안과 두려움 쏙 빠져 설렘이나 신남만 남은. 내가 콩깍지 제대로 쓴 거지 하다가도, 이만하면 이건 아내가 가진 능력 중 하나가 아닐까 싶어 고개를 젓는다. 발 딛고 선 곳을 전부 예쁘게 만드는 힘. 그게 이 사람에게는 분명히 있다.

절정의 여름. 내게 여름은 늘 들킨 도둑처럼 숨고 도망치기에 바쁜 계절이었다. 아내를 만나고 혼인신고를 마쳤던 팔월. 그날을 기점으로 나의 여름은 매 순간 천국이다. 함께 제철 과일을 먹고, 무더운 날씨에 땀범벅이 되고, 시원한 에어컨 냉기 아래 영화를 보고, 함께 산책을 나가는 것. 보통의 일상이 모조리 쉽게 천국이 된다. 노심초사하던 어떤 순간 앞에 더는 굽은 어깨로 서지 않을 수 있게 됐다. 온전히 아내 덕분에.

언젠가 아내에게 당신은 팔십 노인이 돼서도 지금처럼 귀엽고 예쁠 거라는 말을 한 적 있다. 지금의 젊음이 영화처럼 보존될 거라는 뜻이 아니었다. 세월의 흐름에 반하지 않고 기꺼이 늙어버려도, 패인 주름이 하나둘 아니어도, 등이 굽고 매번 앓는 소리를 낼 수밖에 없다 해도 괜찮다고. 고작 그것들이 무찌를 수 있는 사랑이 아니라고. 오히려 똑같이 늙고 주름진 내가 계속해서 당신 총애를 받을 수 있게끔 애써야 하는 거라고. 아내는 그럴 만한 사랑을 받을 자격이 있는 사람이니까.

이번엔 꽤 긴 장마가 될 거라니, 집에서 아내와 게임도 하고 영화도 잔뜩 봐야지. 최고로 맛있는 수박도 사 와서 반 통씩 들고 마음껏 퍼먹어야지. 이름도 어떻게 서율. 연애할 때는 이름이 능소화를 닮았다 칭찬했는데, 사실 능소화보다 아내는 타고난 여름 같다.

팔월이 한창일 때 나서 그럴까.

뽀글머리

· · · · · · ·

아내가 결혼하고서 처음으로 머리를 볶아왔다. 지나가는 생각으로 잘 어울릴 것 같다 짐작은 했지만, 이렇게 말도 안 되게 예쁠 줄은 또 몰랐네. 인형 같다고 인형 같다고 연달아 말해주니 만족스럽다는 듯 아내가 활짝 웃었다. 꽃이며 하늘이며 바다며 하는 예쁜 것들 보면 카메라부터 들이미는 징한 버릇이 이번에는 아내를 향했다.

네가 웃으니 내가 웃는다. 어떻게 담아도 버릴 것 하나 없는 사진들만 남는다. 아내가 마음에 들지 않는 사진도 내 마음에는 쏙 든다. 머리 하나 하고 진종일 들떠서 기뻐하는 아내가 무척 귀엽다. 울지 않고 웃어줘서 너무 고맙다. 매일은 어렵더라도 아내가 자주 기쁠 수 있게 해주세요, 하고 종종 빌어본 것이 효험이 있었던 모양이다. 그게 내게도 어찌나 행복인지. 사랑하는 사람의 웃음을 보는 일은 언제까지고 감동일 것이다. 아내가 기뻐할 만한 게 또 뭐가 있을까. 고민도 이리 신나게 할 수 있는 나는 참 복도 많지.

겨울 한 접시 사이에 두고

. ˙ · ˙ · ˙ .

트여올 아침이 다 저문 밤보다

그 귀함 월등히 앞서는 것입니다

그대 더는 죽지 않아도 된다

버선발로 뛰쳐나가 말해주는 것입니다

품 없이도 곧게 존재할 수 있게끔

살며시 어루만지는 것입니다

나에게 사랑은

한입 베어 문 겨울은

달기보다 온온한 과육이 일품입니다

이 겨울 한 접시 사이에 두고

내내 그대와 도란도란

사랑을 맛봐야겠습니다

그리고, 안부.

열두 달의 이야기

당신에게 띄우는

일월, 차가운 시작에 기대어

· · · · ·

일월은 언제나 조금 느리게 시작된다. 꼭 시간이 힘겹게 흐르는 것 같다. 연말에 미처 흘려보내지 못한 감정들이 달력 바깥에 주저앉아 있다가 우르르 밀려드는 듯이. 쓸어내고, 정리하고, 잘 접어 넣어야 할 것들이 한 해를 넘겼다는 이유 하나로 더 무거워진다.

예전에는 '시작'이라는 말에 설레고 들뜨기도 했지만, 이제는 그 앞에 '다시'라는 단어가 먼저 붙는다. 다시 시작. 다시 다짐. 다시 견뎌야 하는 계절. 그래서인지 요즘은 망연자실한 나를 자주 들여다본다. 겨울이 주는 차가운 정적이 내 안의 문을 하나씩 열어젖히게 한다. 그 문 너머에는 그동안 외면해 왔던 감정들이 고요히 웅크려 있다.

일월은 이상하다. 시작의 계절이라지만 어쩐지 끝에 가까운 느낌이 든다. 다짐은 공허하고, 숨은 짧아진다. 한 해를 갓 보내고도 새해의 무게 앞에 벌써 숨이 찬다. 하나 겨울은 마냥 차가워도 그 차가움 속에서만 피어나는 마음이 있다. 상처는 지나치게 뾰족하지만 그곳에서 보란 듯이 자라나는 단단함이 있다. 나는 그걸 믿기로 한다. 기어코 봄은 올 테니. 근거 없는 확신이 마음 안에 작게 일렁인다. 마치 아무도 모르게 나만을 위한 봄이 조금 늦게 출발한 기차를 타고 조용히 오고 있는 것 같다. 원래 그런 것이다. 희망은 항상 요란하지 않다.

이월, 겨울의 끝자락에서

. . . · . ' ' .

　이월. 봄의 초입과 가장 가까이 맞닿아 있는. 새롭게 다짐했던 것들 무색하리만큼 많은 포기와 타협이 있었지만, 봄이 머지않았다는 사실 하나로 모든 주눅이 상쇄됐다. 이맘때의 나는 꼭 얼른 겨울이 가고 존재를 드러내길 고대하는 새순 같다. 여리고 천진하다. 다 알면서도 모르는 척 새롭고 싶어진다. 지겨운 규칙과 규율 앞에 마냥 어린아이로 있고 싶어서 입을 삐쭉 내밀어도 본다. 하긴 인생 뭐 있나 안심하며 놀고 싶을 때 놀고, 하고 싶을 때 하고, 보고 싶을 때 봐야지 싶다가도 내 모습 훤히 비추는 투명한 무언가 마주하면 정신이 번쩍 뜨인다. 간절히 그만두고 싶어도 그러지 못하는 것들과 벗어나고 싶어 갈피를 있는 대로 꽂아 두었던 삶의 한 부분이 낱낱이 보인다.

이내 완연한 봄이 오고 온갖 봄꽃들 흐드러지면 괜히 내가 다 만개하겠지만, 웅크린 속에 끈적하게 달라붙은 불안과 현실은 죽지도 않고 함께일 것을 안다. 그러니 나는 억지로라도 애써 맑고 밝아야지. 아니 그러기보다 지독하게 솔직해야지. 너무 슬프면 왈칵 울고, 기쁘면 크게 웃고, 미우면 버럭 화도 내면서. 내게 더 이상의 응어리가 살게 두지 말아야지. 어쩔 수 없이 나의 일부를 극악한 적들에 내어줬어도, 전부를 앗아가도록 가만히 두고 보지는 말아야지.

어떻게든 강하고 씩씩하게. 무너지더라도 생각보다는 멋지게. 그 속에서 나만의 온기를 찾게 되기를 바라며. 꼭 봄날 같은 이 겨울날에.

삼월, 봄의 틈으로

. · ' · . · ' · .

화사한 삼월. 겨우내 숨죽이고 지켜보던 봄꽃들 지천에 흐드러지는 계절. 이맘때의 한낮을 살랑살랑 거닐면 기분 좋은 사무침이 들숨으로 내게 든다. 분명 그립지만 다시 돌아가지 않아도 좋을 장면과 내음이 선명히 떠오른다. 누구에게나 그 자리 그곳에 두고서 영영 조각내어 꺼내보고 싶은 기억이 있지 않나.

봄이란 건 이렇게나 신기하지. 나도 모르는 새 나를 사랑 많은 사람으로 빚어놓는다. 모난 곳 하나 없이 어여쁘게 곡선만 그리는 마음이 된다. 애쓰고 무너지기를 아무리 반복해도 온통 흙탕물이던 마음이 불순물 모두 걸러진 샘물이 되어 맑게 흐른다. 나눠줄 다정함이, 배려와 노력이, 밀도 높은 사랑이 부족함 없이 계속 샘솟는다. 내가 좋은 사람이 되고 싶게 하는, 어쩌면 누군가에게는 이미 좋은 사랑이게끔 하는 계절.

봄의 새순과도 같은 삼월에 나는 세상과 당신을 모두 사랑하고 싶다. 욕심쟁이처럼 양손과 양 볼에 이 사랑 저 행복을 전부 쥐고 물고 싶다. 모양과 색깔에 개의치 않는 오롯이 순수한 사랑만을 갖고 싶다. 내가 재밌고 당신이 재미있는, 서로가 좋아 죽을 것처럼 방방 뛰는 사랑을 하며 이 봄을 꽃피듯 나고 싶다. 억지로 붙들고 있던 짐들 모두 쏟아내고서, 이번만큼은 양보 없이 내가 사랑하는 전부를 이루어진 소원처럼 기쁘게 차지하고 싶다.

사월, 알알이 낭만인 계절

. . . . . .

사월에는 낭만을 낭비해야지. 마음이 부는 곳이라면 그게 무엇이며 어디든 머리칼 휘날리며 훌쩍 갈 거다. 시간에 구애받지 않고 이맘때의 날씨를 펑펑 써야지. 유독 맑은 봄날은 아무리 사치해도 꾸중 듣지 않으니까. 바다가 보고 싶으면 바다로 가고, 흐드러진 꽃이 보고 싶으면 꽃놀이를 가고, 온몸으로 계절을 만끽하고 싶으면 한낮의 잔디밭에 냅다 누워도 보고, 사랑하는 사람에게 내 것의 사랑을 한 아름 안겨줘야지.

낭만이 낭만으로 불리기 이전에 모두가 기쁨만을 좇았듯, 나도 아름다운 옛것을 탐하며 삶을 틈틈이 낭비할 것이다. 시들어버릴 꽃을 굳이 선물하고 누군가와 기념일을 작게 기념하고 길을 걷다 마주친 고양이 앞에 얌전히 쪼그려 앉아 손을 내밀어 본다. 내게는 그게 마냥 기쁨이니까. 낭만이 한껏 퇴색된 세계에서 나는 여전히 이런 것들을 좋아한다.

어느 깊은 산골의 소년과 소녀가 된 것처럼 사랑과 즐거움과 예쁨을 기껍게 시간과 맞바꿀 거다. 둘러보면 알알이 낭만인 이토록 애틋한 사월을 하나도 아끼지 않고 왕창 낭비해 버려야겠다.

오월, 햇살에 보내는 편지

. · ' · . · ' · .

무엇 하나 온전히 신경 쓰지 못하고, 뜻대로 해결하지 못한 채 여기에 있어. 잘해보려 뜀박질로 건너온 시간에는 가쁜 숨만 덩그러니 놓여 있는 거야. 많은 꽃이 피고 지는 동안에도 나는, 그리고 너는 내내 어지러운 마음 돌보는 데에만 열중했잖아.

초조하고 지루한 삶. 그게 늘 우리 두 눈을 가리고 고개를 떨구게 만들어. 꿈의 맑던 색을 바래게 해. 그럼에도 어쩔 수 없이 또 눈을 떠야 한다면, 괜찮은 척 멈춤 없이 살아가야 하는 게 우리네 삶이라면, 이 오류 같은 날들을 함께 견디자. 이왕이면 자주 눈을 맞추고, 안부를 묻고, 아무도 몰래 통곡했던 어떤 순간을 공유하고, 가끔 웃고 자주 슬퍼하며 사실 아무것도 아니었을 불안을 훨훨 날려 보내자.

내가 알아줄게. 틈틈이 무너지는 네 여정의 고됨을, 지나친 허기에도 식탁에 걸터앉아 울음만 쏟는 너의 그 허무를 내가 다 이해할게. 이 오월에 우리가 우리를 챙기자. 다 괜찮아. 부서지고, 움츠러들고, 망가지고, 살고 싶지 않고, 투명해져 야위는 순간도 나와 함께 살아 있자. 씩씩하지 않더라도 어떻게든.

유월, 익숙함 속의 숨결

유월이다. 발음처럼 하늘도, 나무도, 바람도, 지나가는 사람들까지도 전부 둥글둥글 다정한 절기. 요 며칠 내리 비가 쏟았지만, 그마저도 내가 알던 유월의 모습이라 반갑고 좋았다. 이런 날에는 괜히 좋은 사람이 되고 싶어진다. 꼭 좋은 사람이 된 것만 같다. 내가 좋아하는 사람들의 좋은 사람. 그들의 자랑거리. 그럼 나는 더 든든한 사람, 더 함께하고 싶은 사람이 되고 싶어 부단히 노력한다. 나를 알게 된 것이 그들의 삶에 큰 행복이기를 바라면서. 너무나도 다행이기를 바라면서.

유월에 돋은 풀잎은 유난히 밝은 연둣빛이다. 내가 아

는 것 중에 가장 착하고 순수한 색. 길을 걷다 잠시 걸음을 멈춰 넘실대는 유월의 색을 온몸으로 느낀다. 다 괜찮을지도 모르겠다는 생각. 그건 아무것도 아닐 거라는 용기. 속에서부터 복닥거리는 조용한 흥분. 다 알고 있어 낯익은 감정이지만, 이맘때의 나는 늘 처음인 것처럼 사르르 녹는다. 기쁘게 무너진다. 잘 살고 싶다. 이 기분에 힘입어 꼭 당신에게 더 좋은 사람이 되고 싶다. 여름이 왔으니까.

칠월, 울창한 초록에 띄우는 문장

. · . . · · . .

1. 한여름의 장마철. 눅눅히 젖거나 바삭하게 익거나 둘 중 어느 쪽도 달갑지 않지만 결코 이 계절이 싫어지는 법은 없다. 여름에는 꼭 내 소식을 전하고 싶어지고, 누군가의 소식을 듣고 싶어지고, 웃기보다는 울음을 쏟고 싶어진다. 슬픔과 고통을 동반하지 않은 울음을. 내 소식을 접한 당신이 또 당신의 안부를 여기에 말해줬으면 좋겠다. 요즘은 무얼 하고 지내요?

2. 근래 여기저기 널브러진 마음을 한데 모으느라 꽤 애를 썼다. 딱히 큰일이 벌어진 건 아니지만, 나 같은 사람

을 사람으로 살게끔 하는 성취감이며 자신감이며 하는 것
들의 결핍이 주눅의 원인이었다. 곧장 미뤄뒀던 세탁기 청
소를 하고, 강아지 블루의 침대 커버를 직접 세탁하려고
대야에 물을 받아 발로 꾹꾹 밟았다. 온 집을 헤집으며 모
든 먼지를 닦아내고, 비를 흠뻑 맞으며 산책을 하고, 단골
카페에서 커피 한 잔과 피낭시에 두 조각을 사 먹고, 저녁
으로는 아주 매운 우동도 먹고, 글 한 편을 쓰고, 책 반 권
을 읽었다. 큰일이 벌어진 게 아니었기에 자그마한 일들을
모으고 모아 나의 주눅을 해결했다. 그래서 지금은 퍽 잔
잔한 상태.

3. 그래도 서너 시간 간격으로 펑퐁하듯 마음이 툭툭
튄다. 이건 어쩔 수 없는 나의 천성이니 못 본 척 내버려두
기로 한다.

4. 적당한 지혜의 필요성을 절실히 느끼는 중이다. 지혜
롭지 못하니 예고 없이 분출되는 감정에 손 쓸 수 없이 휘
말리는 경우가 허다하다. 급작스러운 감정의 균열은 곧 나
의 태도가 되고, 그건 열에 아홉 타인을 향한 짜증과 분노

로 표현된다. 지금껏 그렇게 미움을 사게 된 인연이 얼마나 많을까. 그러지 말아야지 하면서도 그럴듯한 방법을 알지 못하니 내내 제자리걸음이다.

5. 불행 중 다행인 사실 하나. 감정의 급류에 의한 대청소와 달고 매운 음식으로 당분간 진정이 가능한 상태라는 것. 그렇다면 해결 방법은 일부러라도 부지런해져서 청소를 자주 하고, 부지런함으로 돈을 더 많이 벌어서 달고 매운 걸 매일 사 먹는 것일까.

6. 불행 중 다행인 사실 둘. 그럼에도 포기하지 않고 나의 평안과 주변 사람들의 행복을 위해 꾸준히 애쓰고 있다는 것. 이 방법이 실패하면 저 방법을 시도하고, 저 방법이 실패하면 잠시 두 눈을 꼭 감았다 다시 나아간다. 너무 고통스러워 죽은 척을 하게 되는 한이 있더라도 아주 숨이 멎는 일은 절대로 없다.

7. 여름을 병적으로 좋아하는 이유는 초록이 지천에 흐드러져 있기 때문이다. 초록을 좋아하다 보니 여름을 좋아

하게 된 건지, 여름 속에 든 초록을 좋아하는 건지는 잘 모르겠다. 아무튼 초록과 여름이 내뿜는 특유의 눅눅함은 살아 있음을 여실히 느끼게 한다. 여름에 들려오는 새소리는 다른 계절과 다른 면이 있고, 매미 소리와 볕이 내리쬐는 소리도 분명 특별하다. 여름에는 갖가지 감각이 활짝 열린다. 그래서 감정의 기복이 더 울퉁불퉁한 것일지도 모르겠다. 약간의 무너짐이 있기에 회복하는 느낌을 알고, 동시에 살아 있음을 느낄 수 있게 되는 것일지도.

8. 이 더위와 습기와 사방에서 들려오는 소리에 힘입어 살아 있자. 당신도, 나도 힘듦과 고통을 정면으로 들이받으며 살아내자. 여기에 하나도 완벽하지 못한 내가 있으니 당신도 그러려니 살자. 거기에 하나도 완벽하지 못한 당신이 있으니 나도 그러려니 살 테니까.

9. 이제 당신의 소식을 말할 차례.

팔월, 깊은 온도 속에서

· . · . · . · .

지나치게 무더운 팔월이다. 정말이지 여름다운 여름. 한 해가 절반이 채 남지 않았다. 그렇기에 팔월의 여름은 겨울의 하얀 눈처럼 너무나도 특별하다. 흉내 낼 수 없게 고유하다.

이렇게 눈에 띄는 순간에는 거창하지 않은 것들을 바라게 된다. 당장의 기적이나 큰 성과보다 유순히 흐르는 기쁨에 몸을 담그고 싶다. 멋진 결과 이전에 적당한 기회가 내게 오기를, 모진 헤어짐 없을 귀한 사람들과 내내 함께이기를, 주는 사랑과 받는 사랑 모두 상해버릴 일 없기를. 훗날 돌아봤을 때 선명하지는 못해도 좋은 시절이었다 엷게 웃으며 회상할 수 있기를.

무엇보다 잘 지내고 싶다. 이 유행하는 날들 속에 못 지내는 건 참 슬픈 일이지 않나. 무언가 괴롭히는 것들이 많아도 보란 듯이 잘 살고 싶다. 척이더라도 쌓이다 보면 정말 미안하거나 부끄럽지 않아도 될 괜찮은 삶이 내게 올 것을 안다. 매미 울음이 제철인 팔월인들, 우리는 울음보다 웃음이 잦기를 바라고 있다.

구월, 조용히 무르익은 마음

. . · . . ·. .

여름의 끝이자 가을의 시작. 이맘때면 늘 식은 더위에 안도하고 다가올 선선함을 한껏 기대한다. 그간의 슬픔과 너저분한 고통을 뒤로하고 멀끔한 모습으로 나아갈 수 있을 것만 같다. 새것 같은 나에게 좋은 일들을 선물하고 싶다. 나를 다치게 하지 않을 사람과 들뜨게 만들 일을, 빼앗기거나 차지하려 다투지 않아도 될 멋진 날씨와 안락하고 따뜻한 미래를 나에게 주고 싶다. 간절히 바라고 또 삶에 성실히 임하면 가을이, 이 멋진 구월이 나의 소망을 이뤄주지 않을까.

모쪼록 모두가 별 탈 없이 행복했으면 좋겠다. 그러기

위해서 내가 도맡아 해내야 하는 것은 무엇인가 하는 물음에는 여전히 그렇다 할 해답을 내놓지 못하지만, 꽤 괜찮은 마음으로 나를 포함한 주변 모두의 행복을 무작정 바라고 있다. 좋은 마음은 어떻게든 좋은 일로 돌아오리라 믿기에. 이 푸른 구월에 나도 당신도 한 움큼의 행복을 베어 물게 되기를. 결코 의무가 아닌 행복을 권리처럼 쟁취하게 되기를. 늘 그랬듯 가까운 곳에서 가끔 슬프고 자주 기쁘기를.

시월, 가을이 묻어날 무렵

. . . . . .

시월은 잘 알려진 노래의 제목처럼 쉬이 잊힌다. 어디 하나 특출난 데가 없기에. 그래서 더욱 귀하게 기억해야 한다. 누군가와 손잡고 동네를 가벼이 걷는 산책처럼. 몹시 재미난 일을 꾸미지 않고도 이상하리만큼 웃음이 줄줄 새어 나오는 사람처럼. 겉보기에 전혀 휘황하지 않지만, 수십 갈래의 사소함을 한데 모아 큰 줄기의 기쁨을 이뤄내는 당신과 나의 마음처럼.

덥고 추운 계절 사이의 경계가 점점 옅어지고 결코 유행하지 못할 지금의 절기가 갈수록 빛과 힘을 잃어가도, 나는 이 미지근함과 고즈넉함을 기억하는 사람이고 싶다.

한순간 활활 타고서 흔적을 잃고 마는 관계보다 오랜 시간 튼튼히 버텨주는 사람을 사랑하고, 순간의 호기심보다 그간 훈련된 내 몸과 마음의 결정을 더 신뢰하고, 축제처럼 소란하고 화려한 틈 사이에 웅크린 외로움을 더 배려해야지. 내가 필요로 하는 사람과 나를 필요로 하는 사람은 언제나 시월처럼 쉽게 잊히고 지나칠 수 있음을 꼭 명심해야지. 그럼에도 서로를 알아보고 곁에 둘 수 있다는 것은 필히 군락을 이룰만한 넓은 행복임을 인정해야지.

십일월, 쓰는 글 바람을 타고

. . . . . .

남은 달력이 두 장이 채 되지 않는 십일월은 나를 참 우습게 만드는 경향이 있다. 지나온 달 애써 해왔던 것들을 부족함으로 치부해 버리는가 하면, 무언가를 멋지게 매듭짓기에는 올해의 남은 날이 터무니없이 적다며 나를 무력하게 만든다. 이맘때의 나는 찬란과는 멀고 패배를 절친한 듯 곁에 둔다. 버티면 된다는 누군가의 무책임한 말을 잔뜩 믿으면서.

시작과 끝에 지나치게 연연하지 않는 사람으로 훈련되고 싶다. 시작의 설렘과 끝의 아쉬움을 그저 툭 내뱉고 마는 감정으로 둘 수 있는 사람이. 십일월처럼 끝의 언저리에는 매번 진심이었던 마음이 너무 쉽게 아무것도 아닌 게 되어버리지 않나. 흐리멍덩 옅어졌다 해서 품었던 진심이 거짓으로 치부되는 건 여전히 버겁다. 그러니 과정에서 경험하는 모든 현상을 최선으로 감각하되, 끝에 다다랐을 때의 힘 빠진 진심인들 귀하게 간직할 줄 아는 사람이고 싶다.

아무것 아닌 게 되어버린 것이 아니라, 비로소 잠깐 내려놓고 쉴 수 있게 된 것이라 여길 줄 아는. 겁 없이 할 수 있을 때 하고, 하고 싶을 때 하면서 씩씩하게. 내 행복을 뒤로 미루거나 부러 못 본 채 지나치지 않으면서. 발치에 흐드러진 무수한 사랑으로. 우리 올해도 참 고생 많았다.

십이월, 한 해의 끝에서 너에게

. . · . · . .

차디찬 십이월. 얼어붙지 않고도 어쩐지 조용히 멈춰버리기 십상인. 어느덧 십이월이 됐고, 뜯을 수 있는 달력은 고작 한 장밖에 남지 않았다. 많은 이들이 이맘때면 이미 지나간 일들에 대한 회의와 후회 같은 것들을 곱씹고는 하지 않나. 돌이켜 보면 분명히 몹시 기뻐 활짝 웃던 날들도 적지 않을진대. 이게 다 어떤 순간을 회상할 때, 행복보다 슬픔을 우선으로 여겨 그 크기를 과장해 부풀리는 우리의 슬픈 본능 때문이라고 한다.

그렇다면 맞닥뜨린 십이월에는 우리 꼭 서른한 번 행복하자. 하루도 빠짐없이 날마다 행복에 겨워 살아서, 시간이 흐른 뒤에 봤을 때 커다란 행복에 가려 슬픔이 하나도 보이지 않게끔. 욕심이지 싶은 약한 마음 같은 건 잠시 저 뒤로 미뤄두고 앞으로의 순간에 집중하자. 하고 싶은 일은 웬만하면 그때그때 해버리고, 속에 담아뒀던 말은 곪기 전에 전부 꺼내놓기로 하자. 사랑하는 사람에게 건네는 사랑에는 아낌이 없는 게 좋겠다. 당장 내일부터 하루도 빠짐없이 행복할 수 있는, 너무나도 멋진 날들이 꼭 시작될 테니까. 우리 모두의 삶 앞에.

이제는 좀 행복해져도 되는 우리지 않나. 부디 더할 나위 없이 완벽한 십이월의 시작이기를.

에필로그

우리는 꼭
근사하지 않더라도

슬픔을 내비치는 건 여러모로 독이 된다고 생각했다. 삼키고, 담아두고, 푹 익혀 말끔히 소화 시키는 것이 옳다고. 누군가 보는 앞에서 울음을 터뜨리고 앓는 소리를 내는 건 나를 공격하려거든 이곳을 찌르면 치명적이라 냉큼 알려주는 것과 같다고. 속이 점차 문드러져 가는 거야 아무렴 상관없었다. 겉으로 티 나지 않는 걱정과 치부는 나만의 것이었으니까. 미뤄뒀다 시간 지나 내가 거뜬히 해결할 수 있다고 자신했으니까. 책이 출간될 때마다 맹목적으로, 그것도 꾸준히 나를 비난하는 이들의 메시지를 들킬세라 급히 꿀꺽 삼켜버리는 것 또한 그와 다르지 않았다. 내

시선을 부정하는 그들의 반복적인 괴롭힘에 차차 익숙해질 때쯤, 나는 정말 나와 나의 글을 깔보거나 폄하하고 있었다.

그 영향일 것이다. 내 손에서 한번 떠난 글을 다시 들춰보지 않는 버릇이 들었다. 나는 어떻게 해서든 써야만 하니까. 표현하고 내뱉어야 살 수 있는 사람이니까. 어쩔 도리 없이 쓰인 글들이 가장 구석진 곳에 쌓여 방치되고 있었다. 안 그래도 미움받는 이 글들이 더 많은 손가락질의 대상이 될까 봐 두려웠다. 그럴 바에는 나도 모르는 곳까지가 불타 없어지는 게 낫지 않을까 생각했다. 누군가에게는 가장 큰 위로였을지 모르는 내 글들. 아이러니하게도 나에게는 이곳으로 날 세운 여러 개의 바늘 같았다. 나는 끝끝내 글을 아주 놓게 되고 말 거라는 불안이 더는 비약이 아닌 셈이 되어버렸다. 독자님들에게 건넨 용기는 어쩌면 거짓이었으며 차라리 치기 어린 투정에 불과했다.

이 책도 그런 와중 만들어졌다. 여느 때처럼 SNS에 출간이 머지않았음을 알리고, 조금도 기뻐하거나 들뜨지 않은 채로 잠이 들었다. 창백한 아침을 맞았고, 나는 곧바로 손을 더듬어 휴대전화를 집어 들었다. 독자님들의 이른 축하와 더불어 나의 수고를 알아주는 다독임이 피할 겨를도 없이 눈가로 와르르 쏟아졌다. 그때 나는 분명 울음 없이도 울먹였다. 너무 진심을 담았으면서 그렇지 않은 척 내 글을 대했던 시간이 아까웠다. 나의 작품을 손꼽아 기다렸을 그들에게 무척 미안했다. 그래. 이 사람들은 변함이 없는데 나만 계속 엇나가려 했지. 고작 몇 줌의 비난으로 이렇게나 거대한 진심을 덮어버리려고 했다니. 어떤 방법으로 감사와 사과를 전해야 할지 몰라 어지러웠다.

7년 전쯤 광화문의 한 카페에서 있었던 북토크를 떠올렸다. 그때도 다를 것 없는 부정적인 착각에 휩싸인 채 무대에 올랐다. 진행자분의 질문에 형식적인 대답만을 내놓았고, 나의 말을 경청하는 백여 명의 독자들을 의심했다. 모든 순서가 끝난 뒤 사인회가 진행됐다. 그제야 나는 그들의 진심이 꾸며진 게 아니라는 것을 인정했다. 해질 대로 해져버린 책을 쭈뼛쭈뼛 내밀던 분과 이날만을 위해 저 멀리 런던에서 오셨다는 분. 떨리는 손으로 악수를 요청하던 분과 끝끝내 눈시울을 붉히던 분까지. 나는 그때 처음으로 내가 받는 사랑의 실체를 목격했다. 전설 속 이야기로만 여겼던 그 애정의 다양한 형태 앞에 나는 기쁘게 무너졌다.

모든 행사가 끝나고 자리를 찾아준 친구들과의 술자리에서 나는 무언가 터뜨리듯 엉엉 울며 말했다. 나 진짜 행복한 거구나. 지금 이게 행복이라는 느낌이구나.

참 멍청하고 이기적이었다. 그토록 행복에 몸서리친 기억을 잘도 망각했으니. 내게 정성을 쏟았던 이들과 몸이 멀어졌다고 마음마저 멀어졌다 멋대로 확신했으니. 충분한 사랑으로 무럭무럭 자라고 있는 나의 글을 가난한 마음으로 대했으니.

내게 온 축하와 응원 그리고 7년 전의 기억에 힘입어, 나는 다시 한번 나와 내 글을 믿어 본다. 침략 같은 비난을 함께 무찌르자 감히 독자님들에게 손도 내밀어봐야겠다. 지금 조금 힘들다고, 길을 잃고 있는 것 같다고, 혹시 여유가 된다면 내게 용기를 주지 않겠느냐고 떼도 쓰면서. 이제는 나를 향한 그들의 사랑이 일방적이도록 두지 않을 거다. 당신들이 없었다면 나는 많은 것을 잃었을 테고, 잃어버린 자리조차 찾지 못했을 테니까. 슬픔을 내비치는 게 독이 되고 약점이 된다면, 나는 기꺼이 그들에게만큼은 매번 지는 사람이 될 거다. 좋든 싫든 사람을 사랑하며 살 거다.

근사하지 않더라도 멋지게 슬픈 사람이 되고 싶다. 마

냥 고맙기만 한 독자님들의 갖가지 고통에 전부 동요할 수 있도록. 이 에필로그를 끝까지 붙들고 있다 못내 놓아주듯 수록한 것처럼, 다시는 주는 사랑과 받는 사랑 앞에 변덕스럽지 않은 마음으로 쓸 것이다. 그리고 우리가 늦지 않게 꼭 만나서 이야기 나눌 수 있었으면 좋겠다. 언젠가, 가장 기쁜 얼굴을 하고서.

우리의 낙원에서 만나자

© 하태완, 2025

초판 1쇄 발행 2025년 5월 21일
초판 3쇄 발행 2025년 6월 16일

지은이 하태완
기획편집 이가람
콘텐츠 그룹 정다움 이가람 박서영 전연교 김신우 정다솔 문혜진 기소미
디자인 rr_book
사진 이근호 @here_film

펴낸이 전승환
펴낸곳 책읽어주는남자
신고번호 제2024-000099호
이메일 book_romance@thebookman.co.kr

ISBN 979-11-93937-65-5 (03810)